Chère lectrice,

Rappelez-vous...

En 1935, Marco Barone perd ses parents. Très liés aux Barone, les Conti lui donnent du travail au restaurant qu'ils tiennent dans le quartier italien de Boston. Antonio Conti a de grands projets pour lui : il veut que Marco épouse sa fille Lucia... Mais une scandaleuse passion en décide autrement : amoureux fou d'Angelica Salvo (fiancée à Vincent, le fils d'Antonio) Marco s'enfuit avec elle. Nous sommes le 14 février, jour de la Saint-Valentin, symbolique s'il en est.

La colère des Conti n'a pas de bornes. Blessé dans son orgueil, Antonio rompt avec les Barone. Quant à Lucia, folle de rage, elle maudit Marco et toute sa descendance, auxquels elle promet des Saint-Valentin noires et douloureuses, en souvenir de la trahison.

Des amours de Marco et Angelica vont naître Carlo, Paul et Luke... et une formidable réussite économique et sociale grâce au business qu'ils ont lancé : Baronessa Gelati. Lorsque Carlo atteint l'âge de se marier, Baronessa Gelati est au top 500 des plus grosses fortunes mondiales. Carlo épouse alors Moira Reardon, fille du gouverneur du Massachussetts. Le couple aura huit enfants.

Au moment où s'ouvre la saga Les Barone et les Conti, nous sommes en 2003. Les huit héritiers Barone sont désormais adultes, riches et habitent toujours Boston, près de Carlo et Moira. Marco, Angelica, Vincent sont morts. Mais Lucia vit encore et elle n'a toujours pas pardonné.

Résumé des volumes précédents...

Avec Nicholas, (L'aîné des Barone) puis Colleen (La brûlure du passé), vous êtes entrées dans le monde brillant et farouche des Barone. Des Conti, vous avez fait la connaissance dans de sombres circonstances : ont-ils commandité le sabotage de la dernière opération de communication et de prestige de Baronessa ? En tout cas, l'image de la célèbre société en a sérieusement pâti et c'est Gina qui a dû s'employer à redorer son blason, avec le consultant Flint Kingman, qu'elle a finalement épousé (Les feux du désir). Une tout autre facette de l'univers des Barone vous a été révélée par la vie discrète et passionnée de Rita Barone, infirmière, dans Un lien secret. Toute dévouée à son exigeant métier, Rita songeait peu à l'amour. Pourtant, dans le milieu de l'hôpital, elle a trouvé un admirateur aussi secret et ardent qu'elle… Le mois dernier, le ciel s'est de nouveau assombri pour les Barone : une trahison établie, des bureaux qui flambent, Emily amnésique mais menacée par les informations qu'elle détient sans le savoir…, avec Secret sur un scandale, la passion n'allait pas sans frissons. Mais voilà que l'émotion pure a soudain submergé le clan Barone : quand Alex Barone a rencontré Daisy Cusak, il n'a plus été question que de sentiments profonds, généreux et éternels… N'empêche, business is business, et les affaires furent de nouveau au premier plan dans le clan Barone. Qui a reçu et chaperonné la lauréate du prestigieux concours organisé dans le cadre du relancement marketing de Baronessa ? Bien malgré lui, Joe Barone — ténébreux, solitaire Joe Barone — a endossé le rôle dans Destins croisés… et ça lui a porté chance. A ces couples désormais heureux, en succède un autre qui ne semble pas avoir toutes les chances de son côté : il s'agit du sheikh Ashraf ibn-Saalem, prince arabe, industriel richissime, qui en dépit de son extraordinaire pouvoir de séduction considère toutes les femmes comme des traîtresses, et Karen Rawlins, jeune femme farouche et indépendante qui n'accorde guère de crédit aux hommes. A priori, ces deux-là n'ont qu'un point commun : chacun désire ardemment un enfant…

La saga Les Barone et les Conti se poursuit. Vous la retrouverez chaque mois, jusqu'en décembre 2004.

La responsable de collection

KRISTI GOLD

Parce que l'amour est à ses yeux le meilleur des remèdes, quels que soient les maux, Kristi Gold savoure chaque jour sa joie de contribuer à soigner nos petits et gros bobos grâce à ses romans où l'amour, justement, tient la première place.

Auteur de best-sellers, elle a reçu bien des récompenses. Mais, dit-elle, si la gloire réchauffe le cœur, rien ne la touche davantage que les témoignages de confiance de ses lectrices, quand celles-ci lui écrivent pour partager avec elle confidences, secrets, histoires personnelles…

Kristi vit dans un ranch, au Texas, avec son mari et ses trois enfants.

Cet ouvrage a été publié en langue anglaise
sous le titre :
EXPECTING THE SHEIKH'S BABY

Traduction française de
LUCY ALDWYN

HARLEQUIN®

est une marque déposée du Groupe Harlequin
et Rouge Passion® est une marque déposée d'Harlequin S.A.

Originally published by SILHOUETTE BOOKS,
division of Harlequin Enterprises Ltd.
Toronto, Canada

Photo de couverture
© JOE CORNISH / GETTY IMAGES

Toute représentation ou reproduction, par quelque procédé que ce soit, constituerait
une contrefaçon sanctionnée par les articles 425 et suivants du Code pénal.
© 2003, Harlequin Books S.A. © 2004, Traduction française : Harlequin S.A.
83-85, boulevard Vincent-Auriol, 75013 PARIS — Tél. : 01 42 16 63 63
Service Lectrices — Tél. : 01 45 82 47 47
ISBN 2-280-08331-0 — ISSN 0993-443X

KRISTI GOLD

Contrat princier

Collection *Passion*

éditionsHarlequin

PRÉSENTATION DES PERSONNAGES

Faites connaissance avec les membres des deux puissantes familles ennemies, les Barone et les Conti. Ce mois-ci…

QUI SONT-ILS ?

Ashraf ibn-Saalem :

Ashraf ibn-Saalem : Douloureusement trahi autrefois, Ash s'est fait un cœur de glace et a juré de ne plus jamais aimer. En revanche, grand amateur de femmes, il s'y entend à les conquérir d'un seul regard de braise et d'une étreinte ardente. A la tête d'un empire financier, il serait tout à fait comblé s'il ne lui manquait… un enfant, son désir le plus cher.

Karen Rawlins :

Certains prétendent que cette lointaine cousine des Barone, tout récemment intégrée au clan, est une intransigeante doublée d'une entêtée. Karen, elle, se voit plutôt comme une femme libre, qui dirige sa vie, ne veut dépendre de personne et surtout pas d'un homme. A trente et un ans, elle rêve d'un enfant et songe sérieusement à l'insémination artificielle.

Maria Barone :

Mieux que personne, Maria sait que, en dépit de tout, on n'échappe pas à ce que le destin vous réserve…

Prologue

Karen Rawlins se sentait chez elle, dans cette grande ferme perdue au fin fond du Montana. C'était le seul foyer qu'elle ait jamais connu. Là, elle avait vécu une enfance et une adolescence heureuses.

Jusqu'à ces derniers mois.

Malgré le bel après-midi, elle était perdue dans ses pensées, indifférente au somptueux panorama baigné de soleil. L'article du journal qu'elle tenait entre ses mains tremblantes la paralysait.

La photo d'un certain Paul Barone illustrait les propos du journaliste. Celui-ci décrivait avec force détails la dernière grande réunion de famille du célèbre clan de Boston. Il revenait aussi sur la triste histoire de la disparition du frère jumeau de ce Paul Barone, des années auparavant.

Or Paul Barone était le portrait craché de son père, à elle, Karen. Un père décédé. Comment cette ressemblance s'expliquait-elle ? C'était si troublant, si déstabilisant….

Et cela ne faisait que confirmer ce qu'elle avait récemment appris grâce à la lecture du journal intime de sa grand-mère…, songea-t-elle, de plus en plus émue. Elle avait fait, toute seule, sans y être préparée, la découverte aussi brutale que pénible que les grands-parents qu'elle vénérait avaient vécu dans le mensonge pendant près d'un demi-siècle. Qu'ils avaient fait passer pour leur fils un enfant qui n'était pas le leur.

Livrée à elle-même, dans ce coin reculé du Montana, Karen était en proie au doute le plus profond et, décidément, se heurtait à trop de questions sans réponses. Son père avait-il su que tout avait été consigné par écrit ? Etait-il au courant de la supercherie qui avait décidé de sa vie ? Savait-il qu'il avait été kidnappé par la femme qu'il avait toujours cru être sa mère ? Ou bien était-il mort sans savoir qu'il était à coup sûr le frère d'un dénommé Paul Barone ? Que, de son vrai nom, il s'appelait Luke Barone et non pas Timothy Rawlins ?

Avec un geste d'impatience désespérée, Karen jeta le journal sur la table. Jamais elle n'aurait de réponse à ses questions puisque les protagonistes de cette sombre histoire avaient tous disparu ! Ses grands-parents étaient morts de vieillesse à quelques mois d'intervalle, deux ans plus tôt, et ses propres parents avaient été tués dans un accident de voiture quelques mois auparavant.

Qui plus est, à cet imbroglio s'ajoutait le fait qu'elle venait de rompre ses fiançailles avec Carl, ce qui n'arrangeait rien. En fait, si, se reprit-elle. C'était peut-être la meilleure chose qui pouvait lui arriver en dépit des circonstances car, comme disait sa grand-mère, mieux valait vivre seule que mal accompagnée ! Or Karen voulait vivre en accord avec ses rêves et ses ambitions — ce qui n'avait jamais été du goût de Carl, lequel entendait exercer un contrôle rigoureux sur les faits et gestes de sa future épouse. Il la voulait soumise et prête à obéir à ses moindres désirs. Pas question que Karen manifeste des velléités d'indépendance et envisage de mener une carrière bien à elle. L'horreur…

C'est pourquoi Karen se félicitait d'avoir rompu et ne se perdait pas en vains regrets. Toutefois, elle se sentait désemparée.

Sans personne avec qui partager ses doutes et ses questions sur l'avenir.

Malgré la chaleur ambiante de cet après-midi d'été, elle fut prise d'un frisson et resserra les mains autour de sa tasse de café pour se réchauffer. Du regard, elle parcourut la cuisine, cette grande pièce familière d'un confort paisible qui lui rappelait les bons moments passés à bavarder avec ceux qu'elle aimait.

Soudain, les événements de ces dernières années l'accablaient, pesaient lourd sur ses épaules. Ce fut alors qu'elle s'avisa que rien ne la retenait dans le Montana. Sa petite ville ne lui laissait aucune perspective, lui rappelait qu'elle avait été trompée, que beaucoup de ses certitudes sur sa filiation avaient fondu comme neige au soleil.

Au fond, la seule chose dont elle voulait se souvenir, c'est que ses grands-parents et ses parents l'avaient aimée, profondément aimée.

Quant à son avenir, elle aurait certainement plus de possiblités à Boston. C'est là qu'elle devait se rendre, décida-t-elle. Elle irait voir les Barone, leur apprendrait qui elle était. Ils seraient probablement heureux de voir éclairci le mystère du jumeau disparu et peut-être trouverait-elle avec eux une nouvelle famille, accueillante et chaleureuse.

Elle pourrait alors se mettre en quête d'un travail. Peut-être la réalisation de ses rêves se trouvait-elle au bout du chemin ? Peut-être pourrait-elle enfin s'établir comme décoratrice d'intérieur… Ce serait l'accomplissement. Elle mènerait alors la vie qu'elle voulait.

Puis, très vite, pour combler le vide affectif qui la torturait, elle aurait un enfant, un petit être qu'elle pourrait aimer sans réserve, bien à elle, dont elle ferait le bonheur.

« Oh, non! Pas lui! Pas encore! », soupira Karen intérieurement.

De sa place, derrière le comptoir de marbre du salon de thé-glacier *Baronessa*, elle se retint de prier le client de la laisser tranquille. Ashraf Saalem. Un spécimen rare de perfection masculine et un parfait macho. Un mâle dominateur comme elle n'en voulait surtout pas dans sa vie. Tout prince qu'il était.

Le sheikh Ashraf Saalem ne lui était pas totalement étranger. Elle l'avait rencontré chez ses cousins Barone, lors de la soirée donnée quand elle était entrée dans la famille. L'homme s'était montré plutôt charmeur — très charmeur, en fait, et doté d'une assurance qui avait mis Karen mal à l'aise. Elle se méfiait tellement de ces types sûrs d'eux-mêmes et aptes à prendre toutes choses en main.

Que, d'un simple regard, le sheikh ait été capable de la troubler plus qu'elle n'aurait voulu, la rendait d'autant plus agressive à son égard. Elle ne pouvait oublier comment s'était terminée la soirée…

Par un baiser.

Un baiser mémorable, à lui faire perdre la tête.

Aussi devait-elle ignorer la présence insistante de cet homme, le regard appuyé de ses yeux aussi noirs que le célèbre café espresso du *Baronessa*. Il émanait de lui une force et une autorité naturelles que Karen avait ressenties dès leur première rencontre et, surtout, lors du fameux baiser.

Elle se leva et se mit à ranger nerveusement les coupes destinées à servir la crème glacée. Cela faisait partie de son job, ici, et elle en était fière. Oui, décidément, elle était ravie de travailler avec sa nouvelle cousine, Maria, une fille merveilleuse qui l'avait accueillie à bras ouverts — comme le reste de la famille, d'ailleurs. Tous, émus par son histoire, s'étaient mis en quatre pour elle. Si bien que, un mois après son arrivée à Boston, elle avait un travail et un appartement. Sa vie prenait forme, elle allait lentement mais sûrement vers l'autonomie, et ce n'était pas le moment de se laisser détourner de son but par un homme.

Malgré cela, elle ne put s'empêcher de le regarder à la dérobée. Lui, et le couple d'amoureux transis qui se tenaient les mains, parlaient à voix basse et laissaient leur glace fondre. Quel déploiement ridicule de sentimentalité !

Elle se reprocha aussitôt cette remarque quelque peu cynique. Qui sait si ce couple n'était pas sur la voie du bonheur, après tout ? Ce n'était pas à elle d'en juger. Qu'elle ait décidé de se passer de partenaire n'empêchait pas d'autres êtres de s'unir.

— Je vois que ton admirateur est fidèle au poste, murmura Maria.

Elle détacha le regard du couple d'amoureux et plongea dans les yeux malicieux de sa cousine.

— Tu devrais ajouter : Hélas.

— Tu étais descendue quand il a fait son entrée, poursuivit Maria. Il ne t'intéresse pas ?

— Non, il ne m'intéresse pas, assura Karen.

Et elle se mit à essuyer le comptoir comme si sa vie en dépendait.

— Ce n'est jamais qu'un client comme un autre, venu se mettre à l'abri et prendre un café.

Maria se rapprocha de sa cousine et, lançant un regard délibéré en direction de l'objet de leur discussion, suggéra :

— Si tu veux mon avis, il n'est pas plus venu se mettre à l'abri que prendre un café ou une glace. Je dirais qu'il vient chercher un tout autre genre de friandise. Tu vois ce que je veux dire ?

Parfaitement. Aussi Karen résolut-elle sur-le-champ de ne jamais, jamais, être la cerise sur le gâteau de cet homme apparemment comblé par la nature, et encore moins, son esclave soumise.

Tournant le dos à la salle, elle s'appuya au comptoir après un rapide coup d'œil au sheikh.

— Il fait semblant, poursuivit Maria, amusée.

Karen releva les manches de sa blouse et jeta un regard nerveux à sa montre. Surtout, qu'elle ne manque pas le rendez-vous si important de cet après-midi !

— Qu'est-ce qu'il fait de sa vie ? demanda-t-elle évasivement. Il ne travaille donc jamais ?

— Mais si, assura Maria. Il ne t'a rien raconté ? Il a sa propre affaire de conseil financier et cela marche très fort, d'après Daniel. On a recours à lui dans le monde entier.

Daniel, le cousin préféré de Maria, était le fils de Paul Barone, le jumeau de Luke, père de Karen. Daniel et le sheikh étaient les meilleurs amis du monde ; cela expliquait que ce dernier ait été invité à la soirée de bienvenue donnée en l'honneur de Karen.

— Cela ne m'inspire pas confiance, dit Karen, de parfaite mauvaise foi.

Les coudes sur le comptoir, Maria posa le visage sur ses mains et remarqua :

— Confiance ou pas, il a des moyens considérables et une allure de grand seigneur.

Elle se redressa et ajouta :

— Je te préviens qu'il se dirige vers nous.

Quoi ? Karen se raidit, le dos collé au comptoir par le frisson d'appréhension qui courait le long de sa colonne vertébrale.

— Que pouvons-nous faire pour vous, sheikh Saalem ?

Maria venait de parler. Les yeux fixés droit devant elle, Karen perçut le bruit du tabouret de bar sur lequel le prince s'asseyait mais elle ne put se résoudre à lui faire face.

— Je serais très honoré, dit-il de sa voix de velours, si vous consentiez à m'appeler Ash. Ici, aux Etats-Unis, je préfère ne pas utiliser mon titre, du moins, avec mes amis. Et je veux croire que les Barone sont mes amis.

— Bien sûr, affirma Maria. Les amis de Daniel sont nos amis, n'est-ce pas Karen ?

La jeune femme sursauta sous l'effet du coup de coude bien appliqué de sa cousine. Elle dut se rendre à l'évidence : elle était coincée et obligée de se retourner.

— Certainement, dit-elle.

Le sourire ravageur de Ash Saalem s'accentua. Pourquoi fallait-il qu'il soit aussi séduisant ?

— Vous avez l'air très en forme, aujourd'hui, mademoiselle Rawlins, dit-il de sa voix de basse.

Il gardait les yeux fixés sur elle et, dans un premier réflexe, Karen eut envie d'échapper à son regard. Mais aussitôt, elle se reprit et décida de faire face.

— Merci, dit-elle.

— Etes-vous satisfaite de votre travail, Karen ?

Comment osait-il l'appeler par son prénom ? Karen s'indigna et s'émut tout à la fois d'une telle familiarité. Apparemment, il ne doutait de rien et ne s'embarrassait pas de formalités. D'ailleurs, n'avait-il pas eu l'audace de l'embrasser le soir de leur première rencontre ?

— J'aime beaucoup ce que je fais, dit-elle, se forçant à ébaucher un sourire. Beaucoup. Et puisque nous parlons boutique, ajouta-t-elle, puis-je vous être utile ?

Il se pencha en avant, irradiant de confiance en soi et apportant avec lui les effluves d'un parfum enivrant.

— Que proposez-vous ? demanda-t-il.

« Pas de cela, mon cher, pensa aussitôt Karen. Si vous croyez que je suis d'humeur à flirter, vous faites erreur. »

— Eh bien, une de nos célèbres glaces, dit-elle. C'est extrêmement désaltérant et souverain pour calmer les esprits échauffés.

— Et si je demandais plutôt un peu de votre précieux temps ? Pour dîner, par exemple, une fois que vous serez libérée de vos tâches ?

— Je ne crois pas que…, commença-t-elle avant d'être interrompue par l'intervention impatiente d'un client.

— Mademoiselle, je désire passer commande.

Elle se tourna dans la direction d'où venait la voix. A l'autre bout du comptoir se tenait un individu d'un âge incertain, dans un costume bon marché et dont le visage manifestait un sérieux agacement. Du regard, Karen chercha Maria mais celle-ci avait cru bon de s'éclipser.

— Excusez-moi, dit-elle au sheikh.

Elle sortit carnet et crayon de la poche de son tablier et se dirigea vers l'homme.

— Que désirez-vous, monsieur ?

— Un café, répondit-il sur un ton peu amène.

— Espresso, capuccino ou…

— Noir, sans sucre. A emporter.

— Très bien, monsieur. Veuillez patienter quelques instants. Il est en train de couler.

L'homme soupira, franchement énervé.

— Je suis pressé.

Karen aussi l'était ! Pressée de fuir la présence envoûtante du sheikh avant de faire la plus belle bêtise de sa vie, comme, par exemple d'accepter son invitation à dîner.

— Cela ne prendra que quelques instants, assura-t-elle.

— Karen, intervint le sheikh, vous n'avez pas répondu à ma question.

Avec un sourire, elle s'éloigna du client pour rejoindre le sheikh et eut la sensation d'être prise entre deux feux.

— Je ne peux pas accepter votre invitation, dit-elle. Je dois me rendre à un rendez-vous important.

— Important ? A ce point ?

Encore plus que vous ne croyez, pensa Karen.

— Exactement.

— Et je ne serais pas le bienvenu, c'est cela ?

En son for intérieur, Karen dut admettre qu'il serait certainement accueilli à bras ouverts dans cette clinique où elle se rendait. On ne refuserait pas la candidature d'un homme comme Ash… Cela dit, il n'en saurait rien ; car il n'était pas question de lui révéler l'endroit où avait lieu l'important rendez-vous.

— Je vais chez le médecin, dit-elle seulement.

Les yeux noirs s'assombrirent encore plus et il s'enquit, inquiet :

— Chez le médecin ? Vous n'êtes pas bien ?

— Si, si, assura-t-elle. Je suis en parfaite santé. Ce n'est qu'un examen de routine.

Ce qui n'était pas tout à fait un mensonge.

Le visage du sheikh s'éclaira d'un sourire… à tomber par terre.

— Cela m'étonnait, aussi, déclara-t-il, car il est évident que vous rayonnez de santé. Toutefois, je ne refuserais pas de m'en assurer de plus près, dit-il avec un air sensuel.

— Et mon café ? Il arrive ? aboya le client, irrité.

D'un côté, Karen ne fut pas fâchée de l'interruption d'une conversation qui devenait dangereuse. De l'autre, elle se sentait coincée entre deux hommes qui mettaient tout en œuvre pour lui faire perdre son sang-froid. Elle aborda le client avec un sourire poli et le rassura :

— Cela ne va pas tarder, dit-elle.

Il frappa le comptoir de la main et s'énerva.

— Je n'ai pas une minute à perdre. Aussi, si vous vouliez bien cesser de flirter et m'apporter mon café, je serais enchanté de vous laisser et de regagner mon bureau. Il y a des gens qui travaillent, eux, ajouta-t-il d'un air mauvais.

Karen serra les dents pour ne pas s'énerver à son tour.

— Le café n'a pas fini de passer, monsieur. Puis-je vous proposer un verre d'eau pendant que vous patientez ?

D'autres suggestions, moins aimables, lui venaient à l'esprit mais elle se retint : le client est roi, n'est-ce pas ? Même le plus insupportable.

— Je n'ai rien à faire de votre fichu verre d'eau, grinça-t-il. Apportez-moi mon café.

Jusqu'alors, Ash n'avait pas paru s'intéresser à la conversation. Mais, soudain, son regard s'assombrit et une expression menaçante se peignit sur son visage. Descendant de son tabouret, il enleva sa veste qu'il posa sur le dossier d'une chaise et releva les manches de son pull. Karen se figea sur place, inquiète. Le sheikh allait-il provoquer une bagarre ?

Au lieu de cela, elle le vit passer derrière le comptoir, prendre une tasse en carton, faite pour les boissons à emporter et la remplir du café tiédasse qui restait de la tournée précédente. Il la posa devant l'homme et dit de sa voix profonde.

— Voilà pour vous.

Il continua sur le même ton égal :

— Rien n'indique que l'établissement ne sert pas les malotrus de votre acabit. C'est une erreur. Croyez-moi, dès votre départ, nous ferons en sorte de remédier à la situation.

L'homme fronça les sourcils et commença :

16

— Espèce de sale type arrogant ! Pour qui vous prenez-vous ?

— Pour quelqu'un qui vous mettra dehors si vous n'avez pas quitté les lieux dans les dix secondes.

C'était dit d'un ton si ferme et lourd de menaces que l'homme ne demanda pas son reste et fonça vers la porte, sans son café. Une fois dehors, il jeta un regard furieux à Karen et au sheikh, regard qui en disait long sur la colère rentrée qui l'animait. Quand Karen eut retrouvé son calme, elle se tourna vers Ash. Ils n'étaient qu'à quelques centimètres l'un de l'autre et bien qu'il ne fasse guère plus d'un mètre quatre-vingt, elle eut l'impression qu'il était aussi massif et aussi imposant que le vieux chêne derrière la ferme du Montana.

— Etait-ce bien nécessaire ? demanda-t-elle simplement.

— Je ne supporte pas la grossièreté, dit-il. Particulièrement quand elle s'adresse à une femme.

Juste ciel, pensa Karen. Voilà encore autre chose.

— Franchement, je m'en serais sortie, dit-elle un peu sèchement.

Loin de se dérider, le visage du sheikh prit une expression attristée.

— Excusez-moi, dit-il. J'ai encore du mal à me rappeler qu'ici, aux Etats-Unis, ce genre d'attitude, un peu… chevaleresque, n'a plus cours.

Karen se sentit prise de remords car, de toute évidence, il avait agi sous l'impulsion de ce qui, pour lui, était la plus élémentaire courtoisie. En fait, elle aurait dû le remercier pour son intervention. Ce qu'elle s'empressa de faire.

— Merci, dit-elle. J'apprécie vos bonnes intentions.

Son visage s'éclaira et avec un sourire un tantinet provocateur, il suggéra :

— Que diriez-vous de manifester votre gratitude en acceptant mon invitation à dîner ?

— Je vous ai dit que je ne pouvais pas, dit-elle.

Lâcheté. Manque de courage, reconnut-elle en elle-même.

C'est alors que Maria fit son apparition. Quand elle les vit tous les deux derrière le comptoir, se faisant face, elle demanda :

— Serait-ce que tu as embauché le sheikh, pendant mon absence, Karen ?

Karen se pencha sous le comptoir et prit ses clés de voiture tout en répondant :

— Il m'a débarrassée d'un client importun.

— Sympa, remarqua Maria. N'est-ce pas, Karen ?

Une fois de plus, le regard de Karen s'attarda sur Ash Saalem. « Sympa » n'était pas le mot qui lui serait venu à l'esprit… Dangereusement séduisant plutôt, et terriblement sensuel. A tel point qu'elle se sentait prise de vertige, au bord de l'évanouissement.

Elle se força à détourner le regard et s'enquit :

— Est-ce que Mimi est arrivée ? Il faut que je parte si je ne veux pas être en retard à mon rendez-vous.

Maria eut un sourire de connivence et la rassura :

— Vas-y. Je m'en tirerai très bien seule jusqu'à ce qu'elle arrive. Ce n'est pas encore le coup de feu de la fin de journée.

— Merci, dit Karen, se dirigeant vers la porte.

En toute hâte. Avant que son attirance pour le prince ne fasse des dégâts. Avant qu'il n'insiste et brise sa résistance.

— A bientôt, Karen, dit le prince.

Un bref instant, elle garda la main sur la poignée de la porte, fascinée par la voix de velours. Puis elle se précipita vers sa voiture et démarra en trombe. Elle prenait la fuite, en quelque sorte, pour s'empêcher de revenir en arrière, de céder à la tentation. Pour ne pas se laisser envoûter par les yeux caressants. Pour ne pas oublier qu'elle ne voulait d'aucun homme dans sa vie. Surtout pas d'un homme aux instincts protecteurs.

La sortie de Karen ne faisait pas l'affaire de Ash Saalem qui n'avait aucunement l'intention de laisser la jeune femme lui échapper. Dès l'instant où il avait posé les yeux sur elle, lors de la soirée donnée en son honneur, il avait su qu'il la voulait pour lui. Dès ce baiser qu'ils avaient échangé, sa conviction avait été faite : elle lui appartiendrait, à lui seul, et il était prêt à faire ce qu'il fallait pour atteindre son but. Même s'il devait jouer les anges de patience.

Ce n'était pourtant pas dans sa nature. Il était plutôt fonceur et volontaire, avec un soupçon d'impulsivité bien contrôlée. Ainsi, n'était-ce pas à force de ténacité et de persévérance qu'il avait construit son propre empire financier ? Le simple fait qu'il ait osé défier les diktats de son père, lui tenir tête et quitter le giron familial pour émigrer aux Etats-Unis, en disait long sur sa forte personnalité.

— Ah, zut…

C'était Maria qui, à voix basse, exprimait sa contrariété. La jeune femme brandit un sac à main noir.

— Le sac de Karen, annonça-t-elle. Dans sa précipitation, elle l'a oublié.

Ash réalisa aussitôt qu'il tenait là l'occasion rêvée de revoir Karen plus vite qu'il ne l'avait espéré.

— Confiez-le-moi. Je vais me faire un plaisir de le lui rapporter, dit-il.

— Tout de suite ?

— Certainement, assura-t-il. J'imagine qu'il contient tous ses papiers et les moyens de paiement dont elle aura besoin pour payer… ce qu'elle aura à payer.

Songeuse, Maria reconnut :

— Vous avez raison. Néanmoins, je crois que…

— Vous craignez de faire preuve d'indiscrétion ?

— Oui…

— Elle m'a parlé d'un rendez-vous chez le médecin, dit-il pour convaincre Maria de parler.

— Vraiment ? s'étonna-t-elle.

Ash se garda bien de mentionner qu'il l'avait plus ou moins poussée dans ses retranchements pour lui faire dire ce qui l'empêchait de se joindre à lui pour dîner. Cela ne regardait pas Maria.

— Si vous pouviez m'indiquer l'adresse… Je la rejoindrai sur place. Cela permettrait qu'elle retrouve ses affaires plus vite.

A cet instant, une femme d'un certain âge, mince et les cheveux grisonnants, les rejoignit. Elle avait évidemment suivi la conversation.

— Hier, Karen m'a demandé comment se rendre rue de l'Industrie, à Blakenship, au niveau des numéros deux cents. Je parierais que c'est là qu'elle est allée.

Maria fronça les sourcils d'un air de reproche.

— Mimi !

Mimi leva les yeux au ciel et s'exclama :

— Tu veux qu'elle récupère son sac, non ?

— Ce n'est pas de cela qu'il s'agit, dit Maria.

Ash tendit la main et Maria, à contrecœur, lui donna le sac.

— Vous pouvez me faire confiance, affirma-t-il pour la rassurer. Je ferai en sorte de rester discret.

— Bonne chance, alors, dit Maria.

A vrai dire, Ash comptait plus sur son pouvoir de persuasion que sur la chance ou le hasard…

Il quitta le salon de thé sans pouvoir se retenir de sourire de sa bonne fortune. Grâce à ce sac, il détenait le meilleur prétexte pour reprendre contact avec Karen. Un contact personnel, loin des regards, aussi sympathiques soient-ils, de Maria et de Mimi.

A lui de jouer.

Sur ces réflexions, il ouvrit la porte de la Rolls Corniche, garée près du trottoir et se glissa au volant.

Ash sentit son impatience grandir au fur et à mesure qu'il approchait du but. Enfin, il tourna dans la rue que lui avait indiquée Mimi et, vaguement surpris, se gara sur le parking d'un bâtiment de briques rouges. Un hôpital ou une clinique, vraisemblablement... Il prit le temps de s'en assurer et resta interdit quand il lut la plaque :

Clinique Milam, traitement de la stérilité. Fécondation artificielle.

Qu'est-ce que Karen Rawlins venait faire dans un tel établissement ?

Etait-il au bon endroit ?... Il passa en revue les véhicules garés sur le parking et ne fut pas long à repérer la petite voiture bleue de Karen, celle dans laquelle elle avait pris la fuite. Il prit le sac noir et, quittant sa voiture, alla se poster là où il pourrait la voir sortir du bâtiment, décidé à attendre le temps qu'il faudrait. Mais, à sa grande surprise, la portière de la voiture bleue s'ouvrit et Karen elle-même en sortit. Ash saisit alors sa chance et s'avança tandis qu'elle fouillait l'arrière de la voiture. Penchée, elle livrait au regard la belle longueur de ses jambes et la rondeur appétissante de ses hanches.

— Serait-ce ce que vous cherchez ? demanda-t-il en parlant du sac.

Elle manqua se cogner brutalement la tête dans la portière quand elle se retourna pour voir qui l'interpellait ainsi. Sous le choc, elle réussit à dire :

— Vous ? Qu'est-ce que vous faites ici ?

Il brandit le sac comme un trophée.

— Je suis venu vous apporter ce que vous avez oublié.

Elle lui prit brusquement le sac des mains, manifestement agacée.

— Merci. Je le cherchai, justement.

— A votre tour de répondre à une question…

Il désigna la plaque de la clinique.

— Que faites-vous ici, vous-même ? C'est là que vous avez rendez-vous ?

Karen passa la bretelle de son sac à son épaule et prit son temps pour répondre.

— Je vous ai dit que…

— Vous alliez chez le médecin. Je sais. Mais, ici, dans cette clinique… spécialisée ?

D'un mouvement des hanches, elle ferma la portière de sa voiture et s'y appuya.

— Ce que je suis venue faire ici ne vous regarde pas, affirma-t-elle.

Qu'elle soit sur la défensive ne fit que renforcer la détermination d'Ash à découvrir ce qu'elle cachait.

— Certes, insista-t-il, mais j'aimerais comprendre.

— Vous n'êtes pas concerné, rétorqua Karen.

— Cela reste à voir, murmura-t-il. Voyez-vous, si vous êtes liée à quelqu'un dont vous attendez un enfant, je suis concerné.

— En quoi ? s'étonna-t-elle, sarcastique.

— En ce que je cesserai sur-le-champ de vous faire la cour, répondit Ash calmement. Je ne veux vous voler à personne.

Les yeux verts de Karen s'enflammèrent.

— Sachez que je ne suis la propriété de personne ! dit-elle sèchement. A notre époque, une femme qui désire un enfant n'a pas besoin d'un homme dans sa vie !

A son expression gênée, Ash se rendit compte de l'importance de cette révélation et du fait qu'elle regrettait déjà de s'être laissée aller à lui en dire autant. Il se passa la main sur le menton, et réfléchit à toute allure.

— Est-ce à dire que vous voulez un enfant par insémination artificielle ?

Elle pointa le menton vers lui en un mouvement de défi.

— C'est bien cela.

Ash en resta abasourdi. Il comprenait l'importance et la nécessité du procédé dans certains cas désespérés. Mais Karen ne semblait pas du tout désespérée, justement...

— Vous voulez donc un enfant, reprit-il, du sperme d'un étranger ?

Karen rougit et tenta de conserver sa dignité.

— Il est hors de question que je discute de ce genre de choses, intimes, avec quelqu'un qui ne m'est rien.

— Cependant, avoir un enfant de quelqu'un dont vous ne savez rien ne vous dérange pas..., fit-il remarquer.

— Voilà, affirma-t-elle. Et c'est mon droit. A trente et un ans, il est temps que je pense à devenir mère. Le moment est venu pour moi.

Ash réfléchit à ce que Karen venait de dire et sourit. C'est avec grand plaisir qu'il lui rendrait le service qu'elle était venue chercher dans cette clinique... Au fond, cette femme partageait son désir le plus cher : la possibilité d'être père et de s'établir enfin. Cela faisait des années qu'il attendait de rencontrer une femme suffisamment jolie et intelligente pour qu'il ait envie de l'épouser et de lui faire des enfants. En fait, il espérait cela depuis que son père avait brutalement mis fin à son premier amour.

— Je pourrais peut-être vous être utile dans votre... entreprise, suggéra-t-il.

Karen écarquilla les yeux d'étonnement :

— Vous seriez prêt à faire un don de sperme ? demanda-t-elle.

— Sûrement pas ! s'exclama-t-il en riant. Mais vous aider en respectant les méthodes naturelles, oui.

Karen secoua la tête.

— Pas question, dit-elle. Je ne coucherai pas avec vous.

Ash se rapprocha. A son avis, elle était femme à aimer les défis. Pour la convaincre, peut-être suffirait-il de la provoquer habilement ?

Il releva une mèche de cheveux qui lui cachait le visage et murmura avec ironie :

— Auriez-vous peur de venir dans mon lit ?

Elle se redressa aussitôt et lui lança un regard noir — ce qui confirma ce qu'il soupçonnait.

— Pourquoi aurais-je peur ? demanda-t-elle.

Il posa une main sur l'aile de la voiture et se pencha vers Karen.

— Peut-être craignez-vous le plaisir que vous pourriez ressentir dans mes bras ?

Il l'entendit retenir son souffle. Ce fut le seul signe du trouble qu'elle éprouvait. Elle hocha la tête et affirma :

— Coucher avec vous ne serait pas une bonne idée, c'est tout.

— Permettez-moi de vous contredire. J'estime, au contraire, que le contrat serait excellent. Comme vous, j'envisage de fonder une famille et vous combleriez mes souhaits en me donnant un enfant.

Elle eut un soupir exaspéré.

— Je vous le répète : je ne veux pas d'homme dans ma vie. Personne.

— Et votre enfant ? reprit-il. Lui avez-vous demandé s'il sera heureux, sans père ? Soyez honnête avec lui et avec vous-même : admettez que vous voulez le mieux pour lui. Surtout après ce que vous avez vous-même vécu.

Karen se concentra, évita de regarder Ash.

— Je n'ai pas d'autre choix que cette insémination artificielle, affirma-t-elle. Je regrette.

Du doigt, Ash lui releva le menton et la fixa dans les yeux. A son grand soulagement, il la vit hésitante, pas complètement fermée à toute suggestion. Il s'engouffra dans la brèche et contra.

— Moi, je vous donne le choix. Je propose d'être le père de votre enfant.

Elle lui lança un regard soupçonneux.

— Qu'attendez-vous en échange ? demanda-t-elle.

Ash ne pouvait pas mentir et lui promettre une grande passion. Son cœur, son amour, il les avait donnés une fois et avait juré qu'on ne l'y reprendrait plus. Mais il pouvait offrir à Karen le bébé qu'elle désirait tant, tout le confort matériel nécessaire à un avenir serein, et même le mariage.

— En échange, reprit-il, je veux que vous soyez mon épouse, dit-il.

— Ridicule ! Nous nous connaissons à peine.

— Quoi de plus facile que de remédier à cela ? dit Ash. Nous avons un excellent prétexte pour nous rapprocher.

— Je n'ai aucune envie de me marier. J'ai failli commettre cette bêtise, il y a quelque temps, et je suis heureuse d'y avoir échappé.

De nouveau, elle eut l'air de regretter ce qu'elle venait de révéler de sa vie privée. Ash, qui n'avait pourtant, aucune raison d'être jaloux d'un autre homme, fut surpris de ressentir un pincement au cœur. Qu'elle lui donne sa chance, pensa-t-il, et il saurait lui faire oublier tous ceux qui l'auraient précédé dans son lit !

Mais pour cela, il fallait la convaincre de consentir à l'épouser.

— Nous devrions réfléchir, proposa-t-il, à un arrangement. Par exemple, si notre mariage ne vous convient pas, vous serez libre de partir après la naissance.

— Libre de divorcer ?

Cela allait contre tous les principes du sheikh et il ne put s'empêcher de tiquer. Cependant, il répondit par l'affirmative.

— Oui.

Karen se mordit la lèvre nerveusement.

— J'imagine que vous voudriez rester en contact avec l'enfant, quoi qu'il arrive ?

Ash était bien décidé à ne pas partager la garde de l'enfant, mais il se garda de le dévoiler et ne dit que le nécessaire.

— Bien sûr. N'est-ce pas ce que vous aimeriez pour le bébé ? Que je joue un rôle dans sa vie ? Mon rôle de père ?

— Oui, évidemment, reconnut-elle.

Ash se sentit tout près de la victoire.

— Alors, que pensez-vous d'un accord entre nous ?

Elle se redressa, remonta la bretelle de son sac sur son épaule et déclara :

— Je vais à mon rendez-vous. Cela me permettra de réunir tous les renseignements dont j'ai besoin. Puis je réfléchirai… aux différentes possibilités et c'est alors seulement que je prendrai une décision.

Ash se montra beau joueur. Il s'écarta de la voiture et, de la main, désigna le bâtiment.

— Allez-y, dit-il. Avec ma bénédiction. Et pensez à moi.

Il lui passa le bras autour de la taille et ajouta :

— Pensez à nous, à ce que je vous propose : un père pour votre enfant et… le moyen de donner la vie par un acte qui sera source de plaisir.

Il l'attira vers lui et l'embrassa. Il mit tout son talent dans ce baiser et n'eut aucun mal à la faire fondre. Les lèvres de Karen s'entrouvrirent sous sa bouche, frémirent sous sa langue… Mais il n'insista pas. D'un effort de volonté, il se retira, s'écarta d'elle et prit une carte de visite dans sa poche qu'il lui mit dans la main, avec une légère caresse sur son poignet.

— Voilà les numéros de téléphone où vous pouvez m'appeler quand vous aurez pris votre décision, dit-il. Réfléchissez bien.

Sur ces mots, il s'éloigna rapidement.

Tout en se dirigeant vers sa voiture, il se voulut confiant. Karen Rawlins était une femme intelligente : il y avait de fortes chances pour qu'elle entende raison. Même si cela devait prendre un peu de temps.

2.

L'homme ne doutait décidément de rien !

De retour chez elle, Karen passait en revue les événements du jour et n'en revenait toujours pas.

Ash Saalem l'avait embrassée, au milieu d'un parking, en plein après-midi ! Mieux encore, il lui avait froidement proposé de lui faire un enfant et elle, eh bien… elle n'avait pas franchement repoussé sa proposition ! Incroyable !

Elle se versa un verre de chianti et se dirigea vers le salon où elle se laissa tomber sur un canapé. Elle adorait l'appartement que les Barone lui avaient généreusement octroyé. Un de ces appartements branchés au dernier étage d'un petit immeuble de briques qui appartenait à la famille. Avec sa cousine Gina qui connaissait les bons endroits, elle avait pris plaisir à en personnaliser la décoration et l'avait meublé de canapés recouverts de soie, de tapis précieux et de meubles anciens, tels le secrétaire en face d'elle. Toutes choses qui ne supporteraient pas les petites mains douteuses d'un enfant en bas âge.

Là, elle anticipait, se reprocha-t-elle. On n'en était pas encore là. Il lui fallait d'abord concevoir cet enfant. Elle aurait alors le temps de s'organiser en vue de la naissance et de son installation future. Pour le moment, c'était justement la conception qui posait problème. Cela et les baisers infiniment troublants du sheikh. Avant de prendre sa décision, elle devait oublier celui de l'après-midi, garder la tête froide et se faire une opinion en toute sérénité. Mission impossible, reconnut-elle aussitôt.

Elle but une gorgée de vin et réfléchit à ce qu'elle avait appris à la clinique quant au processus de l'insémination. On lui avait longuement expliqué les implications tant physiques qu'émotionnelles que cela représentait, surtout si elle n'était toujours pas enceinte après la troisième tentative. Elle avait aussi une idée de l'investissement financier assez important auquel elle devait s'attendre. Enfin, elle avait feuilleté quelques questionnaires remplis par les donneurs et tous lui avaient paru trop parfaits pour être véritablement crédibles.

Pire encore, elle avait côtoyé dans la salle d'attente des couples visiblement tendus, pleins d'espoir et très amoureux l'un de l'autre.

Ash n'avait pas entièrement tort, se dit-elle. Voulait-elle mettre au monde un enfant qui ne saurait rien de son ascendance ? Elle qui avait grandi dans l'ignorance de sa propre identité ? Elle qui savait que l'honnêteté n'était pas toujours au cœur de la vie des êtres. Ces dossiers qu'elle avait consultés ne lui inspiraient pas confiance. Allait-elle s'en remettre à l'un d'eux pour être le géniteur de l'enfant qu'elle s'apprêtait à chérir ?

Epuisée par ses doutes et ses réflexions, Karen posa son verre sur la table basse et s'étendit sur le canapé. Elle avait dîné légèrement de légumes et de pâtes sans en apprécier le goût, trop préoccupée par la décision à prendre. Car, le temps lui était compté, trois jours, quatre au plus. Ce serait le moment favorable par rapport à son cycle et, puisque sa décision était prise, autant ne pas tergiverser. Elle réalisa soudain que cela s'appliquait également si elle décidait d'accepter la proposition du sheikh. Alors, elle se redressa vivement, prise de frissons à l'idée de faire l'amour avec Ash Saalem…

En fait, cette perspective était assez séduisante. Inutile de nier que les baisers d'Ash l'avaient laissée pantelante.

A cet instant, la sonnette de la porte d'entrée retentit. Karen sauta sur ses pieds, un peu paniquée, s'imaginant que, contre toute attente, Ash venait déjà chercher la réponse qu'elle n'était pas encore prête à lui donner. Ce serait bien de lui, d'arriver sans s'annoncer pour la surprendre en T-shirt, jogging et chaussettes ! Il n'allait pas être déçu du détour, résolut-elle, car elle le renverrait dans ses foyers, vite fait bien fait. Sans hésitation. Enfin… s'il ne faisait pas usage de ses baisers pour la convaincre de céder.

Elle regarda par le judas optique et fut soulagée de voir sa cousine Maria de l'autre côté de la porte. Un peu déçue aussi qu'Ash n'ait pas tenté sa chance, qu'il ne soit pas venu lui faire une nouvelle démonstration de ses talents.

« C'est ce qu'on appelle fabuler, admit-elle, prendre ses désirs pour des réalités. Comme une gamine. »

Elle ouvrit la porte et sourit à sa cousine.

— Bonsoir, chérie. Qu'est-ce qui t'amène dans mon pigeonnier à cette heure tardive ? demanda-t-elle.

— Besoin de parler, dit Maria.

Karen remarqua alors que la jeune femme n'avait pas l'air au mieux de sa forme, les épaules voûtées et le regard terne. D'ailleurs, ces derniers temps, Maria avait montré des signes de fatigue. Etait-ce dû à la responsabilité du salon de thé ? Cela demandait de longues heures de travail et exigeait une comptabilité rigoureuse… Mais, à vingt-trois ans, Maria s'en sortait très bien et avait l'air d'aimer ce qu'elle faisait. Du moins, c'est l'impression que Karen avait eue jusqu'à ce soir.

— Entre, dit-elle. Assieds-toi. Je m'offrais un verre de vin. Je te sers la même chose ?

— Non, merci. Pas de vin pour moi, dit Maria.

Elle s'assit sur le canapé et appuya la tête sur les coussins.

— Tu veux autre chose ? Un thé ?

— Non, rien.

— Tu vas bien ? s'enquit Karen. Tu as l'air épuisée.

Et déprimée, pensa-t-elle.

— C'est parce que je n'ai pas pris l'ascenseur, dit Maria. Cela m'a essoufflée, mais ce n'est rien.

Qu'elle soit montée à pied n'avait rien d'anormal. Maria grimpait souvent les deux étages qui les séparaient pour venir voir Karen et, jusqu'alors, elle le faisait allègrement. Il y avait autre chose et Karen était bien décidée à la faire parler. Elle s'assit dans le fauteuil en face de sa cousine et demanda :

— Alors ? Qu'est-ce qui se passe ?

Maria hocha la tête et dit :

— Toi, d'abord. Raconte-moi ton rendez-vous à la clinique.

— Il n'y a pas grand-chose à en dire, dit Karen. On m'a questionnée sur mes motivations ; on a parlé finances et j'ai eu droit à un aperçu des donneurs possibles.

— Intéressant, non ?

Si on veut, se dit Karen. Toutefois, la suggestion du sheikh revenait au premier plan et comme elle n'avait pas d'autre amie à qui se confier, elle n'hésita pas à faire part de son dilemme à celle qui était devenue sa cousine préférée.

— J'ai une autre proposition, dit-elle. Quelqu'un qui est volontaire pour être le père de mon enfant.

Maria se redressa et dit avec un sourire :

— Vraiment ? Cette proposition ne viendrait pas, par hasard, d'un beau prince arabe, extrêmement séduisant ?

Karen lui jeta un regard soupçonneux.

— Il te l'a dit ?

— Non, et je n'ai rien révélé de tes intentions. Mais il a tellement insisté pour t'apporter ton sac que…

— Comment a-t-il su où me trouver ? coupa Karen.

— Désolée, dit Maria avec un sourire qui contredisait ses paroles. Mimi était là et le sheikh n'a eu aucun mal à lui faire dire ce qu'elle savait. Il sait s'y prendre.

— Sans blague…, murmura Karen.

— Il faut dire qu'il a l'air d'en pincer sérieusement pour toi, ajouta sa cousine.

— Comment peux-tu dire cela ? s'écria Karen. Nous nous connaissons à peine.

Ce qui n'allait pas tarder à changer si le sheikh arrivait à ses fins, pensa-t-elle aussitôt.

— Qu'est-ce qu'il te propose, exactement ? demanda Maria.

— De me faire un enfant, dit Karen, tout d'un trait.

Maria porta la main à sa poitrine et s'exclama :

— Super ! Cela pourrait être follement excitant !

— Peut-être, reconnut Karen. Mais, raisonnablement, je ne crois pas que ce soit une bonne idée.

— C'était une proposition sérieuse ? s'enquit Maria.

— Très sérieuse. Seulement, il y met une condition : il veut m'épouser. En me garantissant la possibilité de reprendre ma liberté après la naissance si le cœur m'en dit.

— Et tu vas accepter ?

Karen ne savait toujours pas. Cependant, le fait d'en parler à Maria apportait un nouvel éclairage à la suggestion du sheikh : cela ne lui paraissait plus aussi impensable qu'avant.

— Je ne sais pas, dit-elle. D'un côté, je pense que ce serait idiot, d'un autre côté, je pense que…

— Tu serais idiote de ne pas accepter un tel père pour ton enfant. Un père que tu connaîtrais et qui serait un vrai père pour le bébé à venir. Sans parler du fait que ce serait sûrement une expérience, disons, gratifiante, pour ne pas dire plus, dit Maria avec un sourire malicieux.

Karen sourit aussi et reconnut :

— Je suis d'accord avec toi. Une part de moi-même est tentée par l'expérience.

Redevenant sérieuse, elle ajouta :

— Ce qui me gêne, c'est son côté macho. Comme cet après-midi, lors de son intervention avec ce client grossier. J'étais parfaitement capable de le remettre à sa place.

— Il a voulu t'en débarrasser.

— Oui, mais je ne pourrais pas vivre avec quelqu'un qui ferait les choses à ma place, qui s'arrogerait un droit de regard sur tout ce que je fais.

Maria changea de place sur le canapé et replia les jambes sous elle.

— Cela dépend de la façon dont tu vois l'avenir, dit-elle. Cela ne deviendrait un problème que si votre mariage devait durer.

— Impossible ! Nous venons de mondes trop différents.

Maria murmura comme pour elle-même :

— Qui sait ? On a vu plus étrange.

Repoussant ses cheveux en arrière, elle déclara :

— De toute manière, j'estime qu'un enfant doit savoir qui sont ses parents. La famille, c'est la seule chose importante.

A la façon dont c'était dit, Karen perçut chez sa cousine plus que les mots ne laissaient passer et, se reprochant son égoïsme, elle demanda :

— A toi, maintenant. Qu'est-ce qui te tracasse ?

A sa grande surprise, il n'en fallut pas plus pour que les yeux de la jeune femme s'emplissent de larmes.

— Maria ! Que se passe-t-il ?

— C'est une longue et douloureuse histoire, dit Maria.

Karen alla s'asseoir sur le canapé, près de sa cousine.

— J'ai toute la nuit. Vas-y. Raconte.

Maria releva sa tunique et mit la main sur son ventre :

— C'est là que cela se passe, dit-elle.

Sous la tunique, le ventre de la jeune femme était un peu trop rond et Karen comprit qu'il ne s'agissait pas de quelques kilos superflus pris à force de se laisser tenter par les pâtisseries du salon de thé.

— Tu es…

— Enceinte. Oui. Personne ne le sait. Sauf toi, maintenant.

Karen ne dit rien, prenant le temps de la réflexion.

— Le père ? demanda-t-elle.

— Quelqu'un que je vois en secret depuis le début de l'année.

— Pourquoi en secret ? Il est marié ?

— Pire que cela, avoua Maria. C'est un Conti.

Un Conti… Un membre du clan ennemi. Pas étonnant alors que Maria garde le secret et soit dans tous ses états.

— Il s'appelle Steven, dit cette dernière. Il est très beau, adorable, tendre, et je l'aime.

— Merveilleux, dit Karen. Mise à part cette histoire de famille, où est le problème ?

— La famille, justement. Il s'est passé tellement de mauvaises choses ces derniers temps que ce n'est vraiment pas le moment de tenter une réconciliation.

Effectivement, il y avait eu ce sabotage de la soirée donnée pour lancer un nouveau parfum de crème glacée ; et cet incendie resté inexpliqué dans les locaux des Barone… On murmurait que les Conti n'étaient pas blancs comme neige dans l'affaire…

— Si la famille apprenait que nous nous voyons et que j'attends un enfant d'un Conti, je crois que ce serait pire que tout, dit Maria dont les larmes redoublèrent.

— Au contraire, affirma Karen. Cela pourrait tout arranger. Qui sait ?

— Pas maintenant. D'ailleurs, je ne sais pas très bien moi-même où j'en suis ni ce que je veux. Je n'ai qu'une idée, disparaître, changer d'air, au moins pour un temps. J'ai besoin de m'éloigner pour réfléchir à ce que je vais faire.

— De combien de mois es-tu enceinte ?

— Quatre, et cela commence à se voir.

Bien que surprise, Karen se souvint que, depuis quelque temps, Maria portait ses chemisiers par-dessus son pantalon. Elle n'y avait pas fait vraiment attention mais, maintenant, elle se dit qu'elle aurait dû se douter de quelque chose.

— En quoi puis-je t'aider ? demanda-t-elle.

— Est-ce que tu peux prendre la responsabilité du salon de thé en mon absence ?

— Bien sûr.

Après ce que Maria avait fait pour elle, son accueil chaleureux et la relation de confiance qui s'était établie entre elles deux, Karen était prête à tout pour aider celle qu'elle considérait comme une sœur.

— Est-ce que Steven connaît tes projets ?

— Il ne sait même pas que je suis enceinte.

— Quoi ? s'exclama Karen, stupéfaite. Tu ne lui as rien dit ? Pourquoi ?

— Ce ne serait pas juste de lui faire partager mes angoisses tant que je n'ai pas pris de décision, dit Maria.

— Tu n'envisages pas d'abandonner cet enfant, j'espère ? s'indigna Karen.

— Non, non, protesta Maria. Je l'aime déjà, et si les choses tournent mal pour Steven et moi, il me restera quelque chose de lui à aimer.

— N'as-tu aucun espoir que cela s'arrange ?

— J'essaie d'y croire, Karen. Je t'assure. Mais j'ai très peur que notre relation ne soit maudite. Trop d'obstacles se dressent entre nous.

Karen comprenait ce qu'elle ressentait et, lui passant le bras autour des épaules, elle demanda :

— Tu as une idée de l'endroit où tu vas te… réfugier ?

— Non, dit Maria. C'est un peu pour cela que je suis montée. Est-ce que tu possèdes toujours ta ferme, dans le Montana ?

— Je l'ai vendue tout récemment à un ami de la famille, dit Karen.

— Bon, alors, c'est fichu, dit sa cousine, dépitée.

Karen se concentra et réfléchit quelques minutes. Elle avait une autre idée. Exactement ce qu'il fallait.

— J'ai des amis adorables, les Calderone, à Silver Valley. Ils ont un ranch merveilleux et je suis sûre qu'ils seraient ravis de t'accueillir le temps que tu voudras. Qu'en dis-tu ?

— Tu es sûre que cela ne les ennuierait pas ? s'inquiéta Maria dont le visage s'éclairait déjà.

— Pratiquement certaine. Sauf empêchement majeur. Pour plus de sûreté, je les appellerai demain matin.

— Tu me sauves la vie, déclara Maria, lui pressant chaleureusement la main. Je suis si contente que tu aies débarqué dans la famille.

— Moi aussi, figure-toi, dit Karen en riant.

Ce qui était vrai. La preuve en était qu'au bout de quelques mois seulement, elle se sentait membre du clan à part entière, avec une ribambelle de cousins, d'amis. Sans parler de… Ash. Voilà qu'il réapparaissait celui-là !

Maria se leva et s'étira, les mains posées au creux de ses reins déjà douloureux.

— Depuis quelques jours, remarqua-t-elle, tous mes muscles sont comme noués si je garde la même position trop longtemps.

Karen se leva également.

— Tu as besoin de te reposer.

— C'est vrai que je dors très mal, admit la jeune femme. Trop de soucis.

Karen se dit qu'elle non plus n'allait sans doute pas trouver facilement le sommeil cette nuit. Dans sa tête, la proposition d'Ash le disputait à la solution de l'insémination.

Elle reconduisit sa cousine à la porte et conseilla :

— Prends un bain, bien chaud et mets-toi au lit avec une infusion. Cela te détendra. Je te tiens au courant, pour les Calderone, mais, à mon avis, il ne devrait pas y avoir de problème.

— Merci, dit Maria en embrassant sa cousine. Je te suis reconnaissante. Encore une chose : promets-moi que si Steven ou la famille veulent savoir où je suis, tu ne diras rien. Je ne veux pas qu'on me cherche. J'ai besoin d'être seule pour réfléchir.

— Ils vont s'inquiéter, protesta Karen.

— Je laisserai un mot pour les rassurer. Assez parlé de moi. Et toi, qu'est-ce que tu vas faire ? A propos d'Ash ?

— Je n'en sais rien. Moi aussi, j'ai besoin de réfléchir.

Avant de sortir, Maria se retourna et regarda longuement Karen.

— Quoi que tu décides, déclara-t-elle, je suis avec toi. Néanmoins, j'espère que tu vas prendre la suggestion du prince en considération. Ce serait tellement mieux pour le bébé de connaître son père. A demain.

Karen comprit le message, surtout venant de Maria qui ne pouvait partager sa joie ni avec le père de son enfant ni avec sa famille… Certes, il valait mieux qu'un enfant connaisse son père. Karen le savait mieux que personne, elle qui avait tant souffert de découvrir les bizarreries cachées de son ascendance. Il était impensable qu'elle brise de nouveau la chaîne !

D'autant que la proposition du prince n'était pas négligeable. Donner à son enfant un sheikh pour père et être la maîtresse puis la femme d'un homme aussi séduisant qu'Ash, voilà qui aurait tenté la plus difficile des femmes… De nouveau, la pensée de passer une nuit de plaisir avec lui la fit frissonner. « Avoue, se dit-elle. Avoue que cela te plairait ! »

Elle se dirigea vers sa chambre et soupira. Que de choses à décider en si peu de temps !

Ash avait invité Daniel à déjeuner dans la suite qu'il réservait en permanence dans le plus luxueux hôtel de la ville. Toutefois, la conversation languissait et Daniel remarqua :

— Tu n'as jamais été très bavard, mais aujourd'hui, il se passe quelque chose. Tu as de mauvaises nouvelles à m'annoncer concernant mes investissements ?

Ash repoussa son assiette, délaissant le repas qu'il avait à peine touché et leva les yeux vers son ami. Ce n'était pas les affaires qui le préoccupaient. Mais une femme.

— Je ne t'ai pas invité pour parler affaires, dit-il. Rassure-toi, tes investissements se portent bien.

— Tu m'enlèves un grand poids, dit Daniel en riant. Je me voyais déjà condamné à une vie de pauvreté et de privations.

En réalité, Ash avait voulu déjeuner à son hôtel pour être sûr de ne pas manquer l'appel de Karen si celle-ci se décidait à lui faire signe. Ce qui n'était toujours pas le cas. Il se rongeait à l'idée qu'elle avait fait un autre choix, le mauvais choix, et était, en ce moment même à la clinique pour y recevoir la semence d'un étranger.

— En fait, je suis comblé, dit Daniel, posant sa serviette sur la table. J'ai tout ce qu'on peut désirer et, surtout, une femme adorable.

Ash ressentit un pincement de jalousie.

— Ta lune de miel s'est bien passée ? demanda-t-il presque malgré lui.

— Très bien passée, sourit Daniel. Mais ce n'est que le début. Phoebe m'a agréablement surpris. On ne s'est pas ennuyés.

Ash pensa aussitôt qu'il en serait de même pour Karen et se prit à espérer d'avoir l'occasion de s'en assurer.

— Je suis heureux pour toi, dit-il.

— Quand je pense, s'exclama Daniel, que j'avais vaguement pensé qu'elle et toi, vous pourriez vous convenir. Tu te souviens ? Je te l'ai présentée à la soirée de Karen. J'ai eu de la chance que ça ne marche pas.

Bien que Phoebe soit absolument charmante, ce soir-là, Ash n'avait d'yeux que pour Karen. Dès qu'il l'avait vue, il l'avait désirée de tout son corps. Depuis lors, ce désir ne l'avait plus quitté.

— Tu m'as étonné, dit-il, en décidant de te marier. Ce n'est pas ton profil.

Daniel fronça les sourcils et s'indigna :

— Si tu fais allusion à mes aventures passées, tu peux parler ! Comme si tu t'étais gêné !

— Exact, reconnut Ash. Mais maintenant, j'ai rencontré quelqu'un qui pourrait bien me faire changer d'avis.

— Quelqu'un que je connais ? s'enquit Daniel, dont la curiosité était éveillée.

— Oui, dit Ash sans se faire prier. Ta cousine Karen.

Daniel frappa du poing sur la table et s'esclaffa :

— Incroyable ! Phoebe l'avait pressenti ! J'étais assez sceptique et je ne pensais pas que cela irait plus loin que votre rencontre de ce soir-là. Karen n'avait pas l'air d'apprécier que tu l'embrasses devant tout le monde.

— Je n'ai fait que lui souhaiter la bienvenue, dit Ash.

— Et quelle bienvenue ! se moqua Daniel. Dis-moi, depuis quand est-ce que vous sortez ensemble ?

— Je ne suis pas sûr de comprendre ce que tu veux dire.

— Depuis quand Karen et toi êtes-vous ensemble ?

Ash ne sut que répondre et dit :

— Nous en sommes au stade des négociations.

Ce fut au tour de Daniel de ne pas comprendre.

— Négociations ? C'est ce que tu appelles « sortir ensemble » ?

— Nous avons dépassé ce stade, dit Ash.

Daniel eut un rire admiratif.

— On peut dire que tu ne perds pas de temps.

— Je lui ai demandé de m'épouser, ajouta Ash.

— Pour un départ en trombe, c'en est un, reconnut Daniel. Toi, quand tu t'y mets ! Quand est-ce que tout cela est arrivé ?

— Cela fait quelque temps que j'envisage de me marier, et Karen est la femme idéale.

— Vrai. Elle est super et très jolie !

— Je partage cette opinion, dit le sheikh très sérieusement.

— A quand le mariage, alors ?

S'il n'avait tenu qu'à Ash, aujourd'hui même.

— Malheureusement, elle ne m'a pas encore donné sa réponse, dit-il. Je crois qu'elle ne se rend pas compte de tous les avantages que le mariage peut lui apporter.

Daniel ne put retenir un mouvement de désapprobation et fit remarquer :

— Si c'est la façon dont tu lui as demandé de devenir ta femme, je ne m'étonne pas qu'elle hésite !

— C'est un peu plus compliqué que cela en a l'air, dit Ash. Karen et moi avons tous les deux envie d'un enfant. Nous en avons parlé et je lui ai proposé de faire cet enfant ensemble et de nous marier pour son bien.

— Et l'amour dans tout cela ? s'étonna Daniel, ébahi.

Normal que son ami ne comprenne pas, reconnut Ash. D'autant plus qu'il était amoureux de sa femme et revenait de sa lune de miel, la tête dans les nuages.

— J'aime beaucoup Karen, dit-il, et je ferai tout ce qui est en mon pouvoir pour leur rendre la vie agréable, à elle et à notre enfant. Nous aurons une relation sereine et sans nuages.

— On dirait quelqu'un qui prend sa retraite, dit Daniel. Commencer par se marier et faire un enfant avant de s'assurer de la relation entre les deux personnes me paraît aventureux.

— Il faut parfois être réaliste, déclara Ash. Certains choix doivent prendre en compte le bien-être des personnes concernées et non leurs sentiments.

— Tout ce que tu prévois, insista Daniel, c'est une certaine « entente cordiale » avec Karen ?

— Je ne prévois rien d'autre que ce que je t'ai dit. Nous nous marions dans le but de faire un enfant et d'assurer son avenir. Je ne nie pas que je trouve Karen extrêmement désirable et que j'ai l'intention de ne pas me priver de cet aspect de notre arrangement.

Daniel n'était pas convaincu.

— Mon cher, j'espère pour toi que, une fois tes désirs assouvis, vous construirez quelque chose. Sinon, la vie risque d'être difficile.

Ash se rendait compte que son ami avait raison. Malgré cela, il ne pouvait songer à engager son cœur. D'autant qu'il avait laissé Karen libre de divorcer après la naissance si bon lui semblait et s'il échouait à la persuader du contraire.

De toutes manières, on n'en était pas là. Il restait encore à convaincre Karen de l'épouser.

— Une chose importante, Ash, dit Daniel sur un ton solennel. Les Barone sont une famille qui se tient les coudes. Karen n'est avec nous que depuis peu mais elle est un membre de la famille à part entière. Vu ?

Ash comprenait très bien ce que la famille impliquait en termes de solidarité, de liens étroits, de chaînes parfois. Dans son cas, par exemple.

— Sache, continua Daniel, que, ami ou pas, si tu lui fais le moindre mal, c'est non seulement à la famille que tu auras affaire, mais à moi personnellement.

Daniel n'avait rien à craindre. Ash n'avait nullement l'intention de faire souffrir Karen, loin de là !

— A propos de famille, qu'est-ce que la tienne va penser de ton mariage avec une Américaine ?

Rien, car, pour le moment, Ash n'avait pas prévu d'avertir sa famille. Après la naissance ou, peut-être, après la cérémonie. Il appellerait son père pour le mettre devant le fait accompli et lui faire savoir qu'il était trop tard pour intervenir. A trente-six ans, il était enfin en âge de démontrer au roi de Zhamyr que son fils cadet prenait sa vie en main sans en référer à la volonté d'un père tout-puissant.

— Je n'ai pas besoin de l'approbation de ma famille, dit-il. Je ne suis pas l'héritier du trône. Mon frère aîné fait cela très bien.

Le téléphone sonna et Daniel proposa de répondre car Phoebe devait venir le chercher.

Ash eut un petit rire cynique à son égard :

— Décidément, ta femme ne te lâche pas ! Elle te tient en laisse !

Daniel mit la main sur l'écouteur et chuchota :

— Nous n'avons pas encore eu le temps d'essayer la laisse, mais on y viendra peut-être. Qui sait ?

Puis reprenant le téléphone, il répondit à son correspondant :

— Très bien. Dites-lui de monter.

— Si je comprends bien, ta femme ne te quitte pas d'un pouce et veut savoir où tu étais et avec qui, se moqua encore Ash.

— Ce n'est pas ma femme que tu vas voir arriver, dit Daniel avec un petit sourire en coin.

— Qui alors ?

— La tienne.

3.

Mis à part le liftier en uniforme qui se tenait discrètement près des commandes, Karen était seule dans l'ascenseur et écoutait battre son cœur à toute allure. Elle montait à l'appartement-terrasse du New Regents Hotel, dont Ash avait fait sa résidence. Elle se détendit un instant et sourit en elle-même quand elle réalisa qu'elle portait ses vêtements de travail : jupe noire et chemisier blanc, ce qui la classait dans la catégorie des traiteurs et autres fournisseurs de services. Toutes choses qu'un prince du genre d'Ashraf Saalem pouvait requérir. Le liftier, à coup sûr, devait se demander ce qu'elle faisait là.

S'il savait !

S'il savait qu'elle n'avait qu'une seule idée en tête : s'assurer d'un père pour son enfant à venir. Il était loin de se douter qu'elle s'apprêtait à mener sa propre interview dans le but de se faire une opinion et de décider si le candidat à la paternité remplissait les conditions !

Enfin, les portes de l'ascenseur s'ouvrirent silencieusement. Karen se sentit complètement dépaysée. Elle se trouvait dans un hall d'entrée somptueux dont le sol, recouvert d'un tapis rouge, l'impressionna. Evidemment, le tapis rouge n'était pas là pour elle, Karen Rawlins, tout droit sortie de son Montana natal !

Le liftier lui indiqua l'extrémité du hall :

— L'appartement du sheikh Saalem, madame.

Elle espéra que le « madame » était le terme poli et non celui employé pour un certain genre de personnes... peut-être des habituées de l'appartement ! Le liftier s'éclaircit la voix et fit un signe dans sa direction. Karen se demanda s'il attendait un pourboire et ouvrit son sac.

C'est alors qu'il dit :

— Moutarde au menton, madame.

La jeune femme comprit que le sandwich avalé à toute vitesse tout en conduisant, avait laissé des traces. Gênée mais reconnaissante, elle s'approcha du grand miroir ovale qui décorait le hall et utilisa une serviette en papier qu'elle sortit de son sac pour se nettoyer le menton. Elle en profita pour ajuster la pince qui tenait ses cheveux et se remettre du rouge à lèvres. Dans le miroir, elle vit que le liftier était toujours là et semblait s'intéresser à l'opération. A vrai dire, son regard s'attardait plutôt sur ses jambes et Karen, vaguement agacée, se retourna avec un petit sourire.

— Merci, dit-elle. Ce sera tout.

Il réagit dans la seconde, la salua d'un signe de tête et reprit sa place dans l'ascenseur dont les portes se refermèrent immédiatement.

Super, se dit Karen pour qui l'expérience était nouvelle. Un mot avait suffi pour remettre l'homme à sa place et qu'il disparaisse. Elle eut l'impression qu'il ne lui serait pas difficile de s'habituer à ce genre d'attitude, elle qui avait pour tout bagage son sac à main noir, serré sur sa poitrine. « Ce sera tout. » C'est ce que les jeunes filles de bonne famille apprenaient à dire sans effort à quiconque les ennuyait. Elle se demanda si la formule aurait le même effet sur le sheikh. Sans doute pas, estima-t-elle.

Elle se demanda aussi si elle serait capable de jouer son rôle de femme de tête, qui sait ce qu'elle veut, en présence d'un homme aussi impressionnant et séduisant que le prince.

Il lui avait fallu des heures de réflexion et les conseils avisés de Maria pour décider de venir mettre au clair les tenants et aboutissants de l'arrangement proposé par Ash — si toutefois il satisfaisait aux conditions. A savoir qu'elle était d'accord pour l'épouser et lui donner un enfant, mais qu'elle souhaitait reprendre sa liberté tout de suite après la naissance. « Ce sera tout. Merci. »

Voilà ce qu'elle allait annoncer sans prendre de gants.

Sur ces fermes pensées, elle passa la bretelle de son sac à son épaule, respira un grand coup et appuya sur la sonnette. Alors qu'elle s'attendait à faire face au sheikh, ce fut son cousin Daniel qui lui ouvrit la porte.

— Toi ? Qu'est-ce que tu fais là ? dit-elle aussi calmement qu'elle le put.

Il la fit entrer et répondit avec un sourire malin :

— Je rends visite à un ami. Et toi ? Qu'est-ce que tu viens faire ? Affaires ou plaisir ?

Elle ignorait ce que Ash avait pu dire ou ne pas dire et préférait ne pas savoir car, depuis le début, Daniel avait assumé envers elle le rôle du grand frère, taquin et protecteur.

— Affaires, répondit-elle vivement, peu désireuse de lui donner l'occasion d'exercer son ironie.

Après tout, ce n'était pas vraiment un mensonge.

— Vas-tu confier tes actions à Ash pour qu'il fasse de toi une femme riche ? demanda Daniel avec un rien de malice dans les yeux.

— Tu n'es pas tombé loin, dit-elle.

Quelle que soit sa sympathie pour son cousin, elle avait hâte de le voir partir. Il ne faisait qu'ajouter à sa nervosité. Elle prit les devants.

— Dis bonjour de ma part à Phoebe.

— Je n'y manquerai pas.

Il se rapprocha et, baissant la voix :

— N'oublie pas d'accrocher la pancarte « Prière de ne pas déranger » à la porte.

Si Karen l'avait pu, elle lui aurait signifié son congé comme elle l'avait fait pour le liftier !

— Il s'agit d'affaires, Daniel.

— Si c'est toi qui le dis…, soupira-t-il avec un rire sceptique.

Puis il sortit, laissant Karen seule avec le sheikh.

Celui-ci, en pantalon noir et polo de cachemire beige, se tenait à l'entrée du salon, apparemment calme et sûr de lui, comme d'habitude.

— Entrez, dit-il.

Elle passa devant lui en prenant bien garde de ne pas l'effleurer accidentellement. Il dégageait un parfum subtil, probablement unique en son genre, un mélange d'encens et de fleurs, exotique sans être entêtant. Cela lui rappela vaguement l'eau de patchouli dont s'inondait le seul hippie de Silver Valley, le survivant des années soixante qui tenait la boutique de vidéo. Elle s'imagina que le parfum du prince portait un nom particulièrement original, tel que « Les mille et une nuits » ou « Coucher de soleil dans le désert » ou encore « Amour dans les dunes ».

Grands dieux ! Qu'allait-elle chercher là ?

Pour cacher son trouble et éviter le regard du sheikh, elle se tourna vers le salon. De grandes portes-fenêtres ouvraient sur une terrasse qui offrait un panorama saisissant des toits du vieux Boston. Sur sa droite, les reliefs du déjeuner encombraient la table de bois fruitier. A gauche, le salon proprement dit avec sofas et fauteuils entourant une cheminée de briques. Au fond, une porte ouverte laissait voir un immense lit recouvert d'un tissu de brocart. Pas de comparaison avec les motels bon marché qu'elle avait fréquentés au cours de ses voyages… Surtout la chambre qui semblait recéler des trésors d'un confort inconnu d'elle. Tentant, non ?

« Arrête », s'ordonna-t-elle.

Le bruit de la porte d'entrée qui se fermait la fit sursauter. Elle se retourna et murmura :

— Agréable. Vous venez souvent ici ?

Qu'est-ce qui lui prenait ? Elle s'exprimait comme une entraîneuse essayant d'attirer l'attention d'un client et non comme une femme animée par de très sérieux motifs. Sa faute à lui. Il avait le don de lui faire dire des bêtises et de la déstabiliser.

Ash s'avança vers elle et répondit à sa question.

— C'est mon lieu de résidence en ce moment.

— Où habitez-vous en temps normal ? demanda-t-elle.

— C'est fonction de mes déplacements, dit-il. Je n'ai pas de résidence attitrée.

Karen enleva le sac de son épaule mais le serra contre elle comme s'il lui servait de rempart contre le magnétisme de son interlocuteur.

— Cela doit être bizarre de ne pas avoir d'endroit à soi, remarqua-t-elle.

— J'envisage de me fixer à Boston.

Il fit un pas de plus et ils se retrouvèrent l'un en face de l'autre, très près, aussi près que la veille derrière le comptoir du *Baronessa*. Karen aurait dû reculer mais elle n'en avait aucune envie.

— Pourquoi êtes-vous venue, Karen ? demanda Ash.

— J'ai quelques questions à vous poser, dit-elle.

— Si on s'asseyait ? proposa-t-il, montrant un des canapés.

Cela parut à Karen une excellente idée car ses jambes la portaient à peine. Elle s'assit à l'extrémité du canapé, s'attendant que le sheikh prenne place dans le fauteuil en face d'elle. Au lieu de cela, il s'assit à l'autre extrémité du même canapé, le bras étendu sur les coussins du dossier. Il avait l'air si décontracté que Karen sentit la moutarde lui monter au nez. D'autant plus que des images incongrues traversaient son esprit : le sheikh la faisant glisser sur l'épais tapis pour faire d'elle sa maîtresse.

Du moins n'aurait-elle pas de mal à remplir son rôle d'épouse quand le moment serait venu. Son corps la poussait vers Ash malgré elle.

Elle s'éclaircit la gorge et s'apprêtait à parler quand il dit :

— Vous pouvez commencer.

Vexée qu'il ait l'air de lui donner sa permission, elle pointa un doigt accusateur dans sa direction.

— C'est exactement de cela que je veux vous parler.

— Je ne comprends pas l'allusion, dit Ash.

— Au fait que, depuis trente et un an, je me suis toujours exprimée comme et quand je l'entendais sans demander la permission à personne. Je n'attends pas l'aval de qui que ce soit pour ouvrir la bouche.

Il eut l'audace de sourire !

— C'est une des qualités que j'apprécie en vous, dit-il. D'ailleurs, tout ce qui concerne votre bouche m'intéresse, ajouta-t-il, pensif.

Karen se sentit rougir jusqu'à la racine des cheveux et s'empressa de continuer.

— Ce que je veux dire, c'est que je suis tout à fait capable de me débrouiller et de subvenir à mes besoins sans l'aide de personne.

— De mon point de vue, assura Ash, certains besoins requièrent l'assistance d'une autre personne.

— Lesquels ? demanda Karen avant de s'apercevoir qu'elle était tombée dans le piège.

Le sourire du sheikh fit place à une expression sensuelle et complice qui la troubla.

— Des besoins très intimes, dit-il.

Inutile de préciser davantage… Karen n'avait aucun mal à imaginer ce qu'il avait en tête.

— Je reconnais que vous pourriez avoir raison, concéda-t-elle.

— Je pourrais ?

— Oui, s'il s'agit de concevoir un enfant. Cela m'amène à vous poser quelques questions sur votre santé et vos antécédents. Y a-t-il des maladies héréditaires, dans votre famille, des menaces d'aliénation mentale ?

Il se rebiffa avant d'affirmer :

— Rien de tout cela et je suis, moi, en parfaite santé.

Ce qui n'était pas difficile à croire. Toutefois, on ne savait jamais. C'est pourquoi elle insista :

— De quand date votre dernier check-up ?

— A peine deux mois, chez un célèbre professeur de New York. Si vous le souhaitez, je vous fournirai toutes les pièces de mon dossier médical et vous pourrez vous livrer aux examens que vous jugerez nécessaires.

— Inutile.

Elle se creusa la tête pour se rappeler les questions qu'on posait aux candidats à la clinique où elle était allée. La seule qui lui revint, fut :

— Quels sont vos loisirs ?

Comme si cela avait une importance capitale pour la réalisation de son plan… !

— J'aime skier, dit Ash. C'est en pratiquant ce sport que j'ai fait la connaissance de Daniel.

— Où avez-vous fait vos études ?

— En France.

— Donc vous parlez français, dit Karen.

— En fait, je suis capable de m'exprimer en plusieurs langues, dit-il.

— Si je tombais enceinte de vous…

Il l'interrompit.

— Il n'y a pas de « si ». Mon père a eu cinq fils et trois filles. Mes neveux mariés ont plusieurs enfants chacun. Je peux vous assurer que nous n'aurons aucune difficulté.

Karen n'en demandait pas tant : un seul bébé ferait son bonheur.

— Je suis donc en droit de penser qu'un seul rapport sexuel devrait suffire ?

— J'admire votre optimisme. Toutefois, je suggère que nous prévoyions de renouveler l'essai.

Serait-elle capable de survivre à plusieurs tentatives ? Si Ash était bien l'amant qu'elle imaginait, ce serait difficile.

— Seulement si c'est absolument indispensable, répondit-elle. Sachez également que, par la suite, je souhaite que nous renoncions aux relations physiques.

S'il ne retirait pas son offre après cela !

— Vous exigez que je ne vous touche plus après la conception, c'est cela ? demanda Ash, surpris.

— Je pense, en effet, que c'est préférable.

A en croire l'expression qui se peignit sur le visage du sheikh, il ne partageait pas cette opinion. Malgré cela, il assura :

— Très bien. Je promets de ne pas m'approcher de vous.

Karen fut surprise de la facilité avec laquelle elle avait remporté la victoire.

— Parfait, conclut-elle.

— A moins, bien sûr, ajouta-t-il, que vous ne me le demandiez.

Ce qui n'était pas dans les intentions de Karen. Il n'avait aucun souci à se faire.

— Le plus tôt sera le mieux, dit-elle.

Elle rougit et précisa aussitôt :

— Je veux dire, pour la cérémonie du mariage.

— Pourquoi se précipiter ? s'étonna le sheikh.

Karen fut prise de court et, gênée, sentit qu'elle allait se mettre à bégayer. Elle respira à fond, contrôla ses mains tremblantes.

— Parce que c'est le « bon » moment pour moi, dit-elle très vite. Dans les quatre prochains jours, je serai en mesure de concevoir un bébé… Pour le mariage, la mairie suffira.

A en croire le visage de Ash, il s'amusait follement de la voir si gênée.

— Si nous arrivons à un accord, reprit-elle, est-ce que vous vous chargez d'organiser les choses ou dois-je le faire ?

Cette fois, il ne cacha pas le plaisir qu'il prenait à la taquiner et s'enquit :

— Vous voulez que je me mette en quête d'une chambre ?

S'il s'imaginait que son humour allait la déstabiliser et la précipiter dans son lit pour le restant de ses jours, il en serait pour ses frais.

— Je parle des démarches à faire pour le mariage.

— Je m'occupe de tout, dit-il.

— Est-ce à dire que vous acceptez que tout ait lieu dans les deux ou trois jours à venir ? Cela ne vous pose pas de problème ?

— Je me ferai un plaisir de réorganiser mon emploi du temps pour vous, affirma-t-il.

Ce rapide passage devant le juge ne serait pas le mariage dont Karen avait rêvé. Ses rêves vieux comme le monde, il lui faudrait les jeter aux oubliettes. Elle devrait se faire une raison et se plier aux exigences de la réalité.

— Bien entendu, dit-elle, je veux un contrat en bonne et due forme.

— Vous ne me faites pas confiance ?

C'est d'elle-même qu'elle se méfiait. De sa faiblesse.

— Je pense que ce sera plus clair, dit-elle.

— Comme il vous plaira. Je ferai établir ce contrat par un de mes juristes.

— N'oubliez pas la clause selon laquelle je pourrai reprendre ma liberté après la naissance.

51

Ash eut l'air contrarié mais assura :

— Je n'oublierai pas.

— Très bien, dit Karen en se levant. Je pense que nous avons fait le tour de la question.

Ash se leva également et, debout devant elle, demanda :

— Dois-je considérer que votre décision est prise ?

— C'est cela, dit-elle. Je serai votre femme le temps de vous donner un enfant. Ensuite, je vous quitterai.

C'était fait. Sans trop d'angoisse, après tout.

Ash mit les mains dans ses poches comme s'il n'était pas certain de pouvoir les contrôler. Karen en aurait bien fait autant. Non qu'elle eût envie de toucher Ash, bien sûr. Quoique…

— Vous m'épousez ? insista-t-il, avec un soupçon de doute. Incroyable !

— Oui.

— Je suis heureux de voir que vous prenez en compte les avantages que représente notre union, dit-il tandis qu'une expression de triomphe illuminait son visage.

« Qu'il ne s'y trompe pas », se dit Karen qui n'y voyait qu'un seul intérêt : la conception d'un enfant.

— Une dernière chose, dit-elle. Faites en sorte que la cérémonie se déroule à l'heure du déjeuner.

— Entendu, approuva-t-il. Ainsi, nous aurons tout l'après-midi pour atteindre notre objectif.

Venant d'un autre, cela aurait eu l'air d'une transaction. Venant de lui, cela prenait des allures de péché mortel.

— C'est surtout parce que je suis de permanence le soir à la cafétéria, corrigea-t-elle.

— Vous n'avez pas l'intention de vous mettre en congé ? s'étonna-t-il.

Karen pensa alors à Maria dont elle avait arrangé le départ avec les Calderone le matin même. Ils seraient heureux de l'accueillir quand elle voulait, à elle de choisir la date. Le mariage pourrait permettre à Maria de s'éclipser discrètement. Elle serait témoin, puis quitterait la mairie dans la foulée sans que personne n'en sache rien. Mais si Maria partait ce jour-là, Karen ne pouvait se dispenser d'être à la boutique — à moins que quelqu'un veuille bien prendre sa place.

Elle s'occuperait de cela plus tard, pensa-t-elle. Pour le moment, il était temps pour elle de rejoindre le *Baronessa* avant que son absence n'y soit remarquée. Que penseraient les autres, s'ils savaient ?

— Y a-t-il quelque chose qui vous gêne ? demanda Ash devant son silennce.

Elle le regarda. Il avait l'air inquiet de la voir songeuse.

— Non, je pensais au travail. Je vais voir si je peux me libérer pour la journée.

— Excellent. Aucune raison de reporter la lune de miel à plus tard, dit-il.

Lune de miel ? Après tout, pourquoi pas ?

— Il faut que j'y aille, dit-elle. Je suis déjà en retard.

Malgré elle, des images de leur « lune de miel » envahirent son esprit et firent travailler son imagination. Mauvais, cela ! Très mauvais !

Elle avait presque atteint la porte et la sécurité du hall d'entrée quand Ash la fit s'arrêter.

— Oui ? demanda-t-elle.

— Nous pourrions sceller notre contrat par un baiser ?

Cette fois, au moins, il lui demandait l'autorisation...

— Pensez-vous que ce soit nécessaire ? répliqua-t-elle.

— Je crois que ce ne serait pas une mauvaise idée de nous accorder... des fiançailles, avant de passer à une plus grande intimité. Afin que vous soyez moins nerveuse.

Sans qu'elle l'ait voulu, Karen regarda vers la chambre et l'immense lit.

— Vos baisers ne me rendent pas nerveuse, affirma-t-elle d'une voix étranglée qui la trahit.

— Alors, vous ne verrez aucune objection à ce que je vous embrasse.

Quand il s'approcha, elle chercha son souffle.

— Gardons la tête froide, dit-elle comme pour s'en convaincre. Ce n'est rien de plus qu'un contrat.

— Vous voyez que vous êtes nerveuse, dit Ash, lui prenant les mains.

— Mais non.

Retournant ses mains, il en embrassa délicatement les paumes l'une après l'autre.

— Vous n'avez rien à redouter de moi, déclara-t-il. Je promets de vous traiter avec toute la délicatesse dont je suis capable.

— Je ne suis pas en sucre, protesta-t-elle.

Cependant, au moment même, elle se sentit fragile comme le cristal, prête à se briser dès qu'il poserait les lèvres sur sa bouche. Il se pencha, demeura à un soupir d'elle et réaffirma :

— Je promets d'être très doux.

Il s'approcha encore.

— Avec mes mains. Et avec ma bouche.

Le ton voluptueux de sa voix troubla Karen au point qu'elle crut perdre l'équilibre. Elle se raidit, déterminée à ne pas montrer son émoi.

— L'essentiel est que vous jouiez votre rôle, dit-elle du ton le plus détaché qu'elle put.

— N'en doutez pas, murmura-t-il, et mieux que cela s'il ne tient qu'à moi.

S'en suivit un long silence pendant lequel Ash plongea au fond de ses yeux. Karen se préparait à succomber à son baiser. Mais celui-ci se faisait attendre. C'est alors qu'il se passa une chose imprévue, incompréhensible : ce fut elle qui l'embrassa. Sans complexe, de toutes ses forces.

Elle alla à la rencontre de ce baiser avec une ardeur irrésistible. Caressa sa langue de la sienne à petits coups habiles, et sentit fondre comme neige au soleil toutes ses défenses quand il la serra contre lui.

« Ce sera tout, merci… Ce sera tout… Ce sera… tout… »

Voilà qu'elle se retrouvait appuyée contre la porte, Ash étroitement plaqué contre elle tandis qu'elle se retenait de s'abandonner à lui. Ash avait posé les mains sur ses hanches, Karen pressait les siennes au creux de son dos, tentée de descendre plus bas pour découvrir le corps du prince.

La bouche de Ash était à la fois légère et pressante, insistante et discrète mais toujours infiniment sensuelle. Il lui caressait la taille, les fesses, les seins. Chacune de ses caresses était terriblement excitante.

Bientôt, Karen sut que, à moins de mettre fin immédiatement à cette folie, elle n'attendrait pas la lune de miel pour connaître intimement son futur époux, dont elle sentait le désir pressant contre sa cuisse. Elle allait céder ici et maintenant, sur le tapis, près de la porte, sans autre cérémonie, sans mariage.

« Ce sera vraiment tout… », crut-elle s'entendre dire.

Ce n'était pas sa voix, c'était celle du sheikh, lequel s'était arraché à sa bouche et l'entourait de ses bras.

— Il me semble que, pour conclure notre accord, cet échange était beaucoup plus efficace qu'une poignée de main, dit-il.

Il recula et examina Karen des pieds à la tête.

De quoi avait-elle l'air ? s'inquiéta-t-elle. D'une folle ! Le regard voilé, les lèvres gonflées, décoiffée, sans plus de rouge à lèvres… Ash, quant à lui, avait remis les mains dans les poches de son pantalon et souriait.

Karen repoussa ses cheveux en arrière, ajusta son chemisier et récupéra son sac qui avait glissé sur le tapis.

— Il faut que j'y aille, dit-elle. J'attendrai que vous me fassiez signe.

Un au revoir en complet désaccord avec le baiser échevelé qu'ils venaient d'échanger ! Le sourire d'Ash s'accentua et Karen chercha son souffle.

— J'attendrai avec impatience notre prochaine rencontre, dit-il. Avant notre passage devant le juge, si possible.

Karen murmura, mal à l'aise :

— Nous devrions plutôt nous abstenir de toute rencontre avant le mariage.

— Craignez-vous que nous ne sachions pas nous tenir ?

Il avait tout compris ! Elle avança un prétexte.

— Je vais avoir beaucoup à faire.

— Comme vous voulez. Je vais aussi être très occupé mais je sais que je penserai à vous. Et à moi. A nous deux. Ensemble.

Elle n'en entendit pas plus car, ouvrant brusquement la porte, elle s'enfuit sans un regard en arrière. Elle aussi savait que, dans les prochains jours, ses pensées seraient tournées vers le mariage, le beau sheikh mystérieux et ses baisers affolants.

« Vous pouvez vous embrasser. »

Et voilà ! Trop tard pour revenir en arrière.

Karen avait passé les deux derniers jours à se poser des questions sans réponse, à peser le pour et le contre de sa décision, tout en se livrant à des préparatifs de toute urgence. Tout cela pour en arriver là. Juste avant, ils avaient signé le contrat qui définissait les termes de leur union. Cependant, elle n'était toujours pas convaincue d'avoir eu raison d'accepter la proposition du sheikh. Mais, désormais, c'était trop tard.

Son regard quitta le visage de la juge qui les avait mariés pour se tourner vers Ash, s'attendant à lui voir une expression de triomphe. Au lieu de cela, elle découvrit l'ombre d'une hésitation dans ses yeux, comme si, lui aussi, se demandait s'ils avaient eu raison.

Tendue, elle attendit le baiser d'Ash sous le regard intéressé des témoins, Daniel et Maria. Mais le sheikh se contenta de lui effleurer les lèvres et lui pressa la main en un geste rassurant. Cette main qui portait désormais un anneau d'or de toute beauté, incrusté de pierreries, dont plusieurs diamants. Il avait appartenu à la mère d'Ash, la reine de Zhamyr, songea Karen. « A présent, il est à toi », se dit-elle, à elle qui n'avait pourtant rien d'une princesse.

Ash, lui, n'avait pas voulu qu'elle lui offre d'anneau et Karen n'avait pas insisté. Après tout, leur mariage n'était qu'un mariage de convenance. En d'autres circonstances, elle aurait certainement exigé qu'il porte une alliance, signe qu'il n'était plus libre, qu'il était son mari et lui appartenait.

Daniel s'avança et donna une grande claque dans le dos de son ami.

— Bienvenue au sein de la famille.

Ils échangèrent une poignée de main et Ash affirma :

— Je suis heureux de figurer parmi tes parents, ne serait-ce que par alliance.

Maria donna à Karen le bouquet de roses qu'Ash lui avait offert avant la cérémonie.

— Tu fais une très jolie mariée.

Karen prit les fleurs et embrassa sa cousine.

— Toi aussi, cela t'arrivera, chérie.

— Je l'espère, dit Maria avec un soupir.

Puis, jetant un coup d'œil autour d'elle, elle ajouta :

— Il faut que j'y aille.

Karen s'excusa auprès du sheikh.

— Je vous retrouve devant la mairie.

Ash s'inclina profondément.

— Il en sera comme vous le désirez, ma belle épouse.

Epouse ! Exact. Bien qu'elle ne soit pas certaine de s'habituer à ce titre... Il le faudrait bien puisque, au moins pour un temps, elle l'était et le serait physiquement, sans aucun doute, le soir même.

Sur ce, elle et Maria se dirigèrent vers les toilettes des dames où elles seraient à l'abri du regard des deux hommes. La place était déserte, ce qui permit aux jeunes femmes d'échanger leurs adieux avant le départ de Maria pour le Montana.

— Tu as ton billet ? demanda Karen.

— Dans mon sac. Le train part à 15 heures et j'arrive à Silver Valley après-demain après un court trajet en bus pour finir. Il est convenu que j'appelle Louis pour qu'il vienne me chercher. Il a été adorable au téléphone et je ne sais comment te remercier, dit Maria, les larmes aux yeux.

— Embrasse Louis et Magdalene de ma part, dit Karen prenant sa cousine dans ses bras.

— Je n'y manquerai pas. Je t'appelle dès mon arrivée, dit Maria, essuyant ses larmes.

— Arrête de pleurer, dit Karen. Sinon, je vais en faire autant ! Prends bien soin de toi.

Nerveusement, elle froissa le tissu de sa robe de mariée. Un fourreau de satin blanc qu'elle avait acheté le lendemain du jour où elle avait dit oui au sheikh, le lendemain du jour où sa vie avait basculé, où elle avait décidé de s'unir à un homme qu'elle connaissait à peine dans le seul but de faire un bébé.

— Toi aussi, dit sa cousine. Et, Karen, laisse-toi aller. Tout peut arriver. Laisse parler ton cœur. Ce genre de mariage réserve parfois de bonnes surprises.

— Un bébé, j'espère bien, dit Karen.

Et rien d'autre.

— Fais-en autant. D'accord ?

— J'essaierai.

Karen aussi essaierait de garder l'esprit et le cœur ouverts. Dangereux ? Pas plus que l'idée affriolante de passer quelques heures dans les bras de Ash, son mari !

4.

Mimi Fazano ne cherchait pas à cacher sa réprobation.

— Je n'arrive pas à me faire à l'idée que tu travailles le jour de ton mariage ! s'exclama-t-elle, indignée.

La minuscule serveuse, pas plus d'un mètre cinquante, la soixantaine grisonnante, un dynamisme à toute épreuve, représentait à elle seule tout le charme rétro du salon *Baronessa*. Elle était connue pour son franc-parler et ne mâchait pas ses mots quand il s'agissait de donner son avis, qu'on le lui ait demandé ou non.

— Ce ne fut qu'une formalité, dit Karen, un simple passage devant le juge, histoire de régulariser la situation.

Pour le moment, son mariage avec Ash lui paraissait encore irréel. Peut-être que ce soir, quand elle le rejoindrait, elle arriverait à y croire. Quand elle serait dans ses bras, dans son lit, quand il lui ferait l'amour.

Non, quand il lui ferait un enfant, corrigea-t-elle aussitôt. D'amour, il n'était pas question.

Mimi n'en démordait pas :

— Tu devrais être en train de profiter de ta lune de miel, quelque part au soleil, reprit-elle, repoussant le tiroir-caisse d'un vigoureux mouvement de hanches. Mon Johnny, Dieu ait son âme, m'a emmenée en Floride juste après le mariage. Evidemment, nous avons dû aller chez sa mère. C'était le fils à sa maman, mon Johnny. Cela ne m'a pas empêchée de l'aimer de tout mon cœur pendant quarante ans.

Karen ne put retenir un petit sourire mélancolique. Elle aussi avait rêvé du grand amour. Au lieu de cela, elle venait de conclure un arrangement avec un étranger.

— Tout s'est passé si vite, dit-elle en manière d'excuse, que nous n'avons pas eu le temps de prévoir quoi que ce soit.

Mimi fronça les sourcils et observa la jeune femme.

— Tu n'aurais pas une brioche au four, par hasard ? Une petite cacahuète qui ne demanderait qu'à mûrir ? Ce n'est pas moi qui te jetterais la pierre, remarque. Mon Johnny, lui, qu'il soit en paix avec les anges, n'a jamais réussi à me mettre enceinte. Mais pendant toutes ces années où on a essayé, on ne s'est pas embêtés, lui et moi.

— Non, pas de bébé en vue, assura Karen.

Pas encore. Peut-être ce soir, quand Ash et elle se retrouveraient au lit, en proie à un nouvel élan incontrôlable. Mieux valait pour elle ne pas imaginer trop tôt ce qui risquait de se passer sinon sa distraction allait mécontenter les clients.

— Quoi qu'il en soit, dit encore Mimi, songeuse, tu devrais être en train de fêter ton mariage. Ce n'est pas tous les jours qu'on se marie. A une exception près : ma partenaire au poker, Carol Ann. Elle en est à son cinquième ou sixième mariage. Alors ! Mais dans ton cas, ta place est avec ton jeune époux et pas ici à te tuer au travail.

Karen jeta un œil au salon dont seules quelques tables étaient occupées.

— Je ne me tue pas au travail, fit-elle remarquer. Il n'y a pas grand-chose à faire.

— C'est bien ce que je dis ! Si tu étais à la maison avec ton mari, pouffa Mimi, tu en aurais des choses à faire ! S'il est comme les autres, je suis sûre qu'il piaffe d'impatience dans l'attente de sa nuit de noces.

Mais Ashraf Saalem n'était pas comme les autres et rien que cela avait quelque chose d'effrayant. Elle ne comprenait pas toujours ses réactions et, dans un sens, son air énigmatique contribuait à l'attirer. A l'idée qu'il l'attendait dans sa suite à l'hôtel, impatient de lui faire l'amour, son pouls battit plus vite. Toutefois, elle eut un soupçon d'appréhension. Et s'il la boudait, ce soir ? Il n'avait pas caché son mécontentement quand elle avait refusé de partir quelques jours avec lui ; et, pire encore, quand elle avait dû lui avouer qu'elle ne s'était pas libérée pour le reste de la journée…

De son point de vue, elle ne faisait que son devoir. En l'absence de Maria, le personnel était réduit au minimum et elle avait promis à sa cousine de faire en sorte que tout se passe bien.

— Mimi, tu sais très bien que c'est un soir de grande affluence. Je ne pouvais pas m'absenter.

— J'ai pris sur moi de faire appel à cette fille, Véronica, la blonde platinée qui a tout juste ce qu'il faut de cervelle, annonça Mimi. A mon avis, toutes ces décolorations ont dû détériorer les cellules de son cerveau, ajouta-t-elle en hochant la tête. Mais les hommes apprécient son physique. Alors de quoi se plaint-on ?

— Tu as bien fait, dit-elle. Même si Véronica n'est pas très vive. Sans Maria, nous aurons de quoi nous occuper. C'est bien pourquoi je me devais de rester. Je te promets de ne pas m'attarder et de partir vers 20 heures, quand le gros de la foule sera passé.

A ce moment-là, pensa-t-elle, elle serait prête à rejoindre Ash. Moins nerveuse, probablement.

Elle considéra le capuccino qu'elle tenait et se promit que ce serait le dernier. Inutile de prendre trop d'excitants. Dieu sait qu'elle n'en avait pas besoin.

— A propos de Maria, remarqua Mimi, qu'est-ce qui lui arrive ? Ce n'est pas son genre de s'absenter toute une journée, et encore moins le jour où sa cousine se marie.

— Un événement inattendu, dit brièvement Karen espérant que Mimi n'en demanderait pas plus.

D'ici peu, il lui faudrait prévenir le personnel que Maria ne reviendrait pas de sitôt. Mais cela pouvait attendre — attendre que sa cousine ait trouvé dans le Montana ce qu'elle cherchait.

— Notre Maria, elle ne va pas bien, reprit Mimi, la gorge nouée. Je ne serais pas étonnée qu'il y ait un homme là-dessous.

Les mains de Karen tremblèrent et elle faillit renverser son café. Heureusement, le téléphone sonna.

— *Baronessa*, j'écoute, dit-elle d'une voix chaleureuse.

— Aurai-je bientôt le privilège de la présence de mon épouse ?

Karen posa sa tasse sur le comptoir et ses mains moites se crispèrent sur le récepteur.

— Pas avant la fin de la soirée, dit-elle.

— C'est long pour un homme, le jour de son mariage, fit remarquer Ash avec un soupir.

— Désolée, s'excusa Karen. Les fins d'après-midi sont toujours difficiles et nous ne sommes pas trop de trois.

— Je crains fort qu'ici la situation ne devienne incontrôlable quand vous daignerez faire votre apparition, rétorqua Ash.

Elle tenta de repousser loin d'elle les images que la voix suggérait. Mais, en dépit de ses efforts, elle fut secouée d'un frisson. Enfin… Au moins n'avait-il pas l'air fâché.

— J'arrive dès que je peux m'éclipser, assura-t-elle.

— J'espère que cela ne sera pas trop long. Le champagne vous attend.

Karen se sentait fondre sous l'effet de la voix de basse.

— Je ne suis pas certaine de supporter le champagne, dit-elle. Cela me monte à la tête et, ensuite, je suis capable de n'importe quoi.

— Vous m'en voyez ravi, assura Ash. C'est aussi mon cas en ce moment où je m'imagine en train de vous dévêtir.

Karen jeta un œil à Mimi qui faisait semblant de ne pas écouter.

— Ce sera tout ? dit-elle de son ton le plus professionnel.

— Je vous préviens que je suis nu et qu'un feu brûle dans la cheminée, continua Ash, imperturbable.

La vision fugitive du sheikh, entièrement nu, allongé près du feu, attisa encore les sensations qu'éprouvait Karen.

— Oh ! dit-elle. Intéressant, en effet.

— Cela le deviendra certainement. Vous ai-je donné envie de quitter votre travail un peu plus tôt ?

Il lui avait donné envie de courir se jeter dans ses bras, sans aucun doute, alors qu'elle aurait dû se concentrer sur la conception de l'enfant. Mais une voix lui suggérait qu'il était normal de penser au plaisir quand on venait de s'unir à un homme aussi séduisant qu'Ash.

Ce soir, elle se laisserait aller, elle se donnerait et elle donnerait tout. Après tout, cet homme, elle l'avait choisi ! Pour ne pas sombrer, il lui suffisait de ne pas offrir son cœur.

— Karen, reprit-il, vous dirais-je à quoi j'occupe mon... esprit ?

Elle se tourna de nouveau vers Mimi qui affichait un sourire sans équivoque. Puis elle s'appuya contre le congélateur, appréciant la fraîcheur.

— Ce n'est pas nécessaire...

— Je m'imagine l'effet que me fera le contact de votre peau. Je sens mes mains sur votre corps. Le goût de votre bouche. Comment vous réagirez quand je vous emmènerai au lit...

— Excusez-moi, coupa-t-elle brusquement. Il faut que je raccroche.

Elle reposa le téléphone et Mimi s'esclaffa :

— Grands dieux, Karen, j'ai comme l'impression que ce téléphone te brûle les doigts !

Certes, elle se sentait brûler !

— Je ne vais pas m'attarder, dit-elle, rougissante. Ash s'impatiente et m'attend pour dîner. Je ne veux pas le décevoir.

D'un geste de la main, Mimi la congédia.

— Dégage, dit-elle en riant. On fera face comme… tu feras face à ton prince de mari.

Un autre éclat de rire accompagna Karen jusqu'à la porte du *Baronessa*.

Sur le chemin de l'hôtel, Karen sentit monter l'angoisse : et si elle ne tombait pas enceinte dès ce soir ? Elle devrait se résoudre à renouveler l'expérience, à faire l'amour avec Ash encore une, deux, trois fois ?

Non que cela l'affligeât ! Il avait suffi que la belle voix de basse prononce quelques phrases au téléphone pour qu'elle se sente prête à commettre tous les péchés du monde. Ash aurait persuadé une sainte de lui céder. Or Karen n'était pas une sainte mais une femme de chair et de sang, très séduite par son mari et très désirante.

Malgré l'heure de pointe et la difficulté qu'elle avait à se concentrer sur la conduite, elle mit relativement peu de temps pour rejoindre l'hôtel. Elle fut reconnaissante au liftier de ne pas la dévisager — s'il s'était permis le moindre coup d'œil, elle lui aurait volé dans les plumes tant elle était nerveuse et tendue.

Arrivée à la porte de la suite, elle hésita avant de frapper. Que faire si Ash avait dit vrai et l'accueillait nu comme Adam ? Impensable… Si néanmoins c'était le cas, elle s'arrangerait pour ne pas le regarder, pour ne pas s'évanouir au milieu de l'entrée.

Elle respira à fond et s'apprêtait à frapper quand elle se souvint qu'Ash lui avait donné la carte magnétique qui servait de clé. Elle fourragea dans son sac — le fameux sac — et s'énerva.

Elle finit par extraire la carte et, d'une main tremblante, l'inséra dans la fente. La porte s'ouvrit sur un hall obscur et silencieux. Dans la cheminée du salon, le feu projetait une faible lueur qui lui permit de se diriger et de repérer son mari, allongé dans un fauteuil.

Son mari, entièrement nu.

Comme il l'avait annoncé.

Un homme dont le corps aurait fait fondre toutes les neiges du Montana.

Des yeux, elle caressa la large poitrine bronzée, les pectoraux apparents et le duvet qui descendait jusqu'au nombril. Elle s'interdit de regarder plus bas mais ne put s'en empêcher.

Pendant ce temps, il restait nonchalamment allongé, les jambes étendues devant lui, une coupe de champagne à la main. Son expression amusée révélait qu'il était parfaitement conscient de l'effet qu'il produisait et jouissait de l'embarras de Karen alors que lui-même se sentait tout à fait à l'aise.

A vrai dire, Karen était plus fascinée qu'embarrassée. Fascinée par la sensualité naturelle qui émanait de cet homme.

Elle déposa son léger bagage sur le canapé, murmura qu'elle allait prendre une douche et se dirigea vers la salle de bains.

Quand elle passa devant lui, il la retint par le poignet.

— Faites vite.

Elle détourna son regard, de crainte d'oublier la douche dont elle avait besoin.

— Très bien, dit-elle. Cela vous ennuie-t-il de passer quelque chose ?

— Quoi ? la taquina-t-il. De la musique ?

— Un vêtement.

— Si vous le souhaitez, je vais enfiler un peignoir.

— Bien.

— Et j'attendrai avec impatience que vous m'en débarrassiez, ajouta-t-il.

Impatience partagée, se dit Karen.

— Je reviens dans un instant.

Une fois dans la salle de bains, elle referma la porte et s'y appuya pour ne pas tomber. Elle serra les bras contre elle pour réprimer les frissons qui la parcouraient, mais en vain. Ses jambes avaient du mal à la porter. Cependant, il fallait qu'elle prenne sa douche et se prépare. Pour l'amour ? La conception ? Pour ce qui l'attendait ? Comment pouvait-elle se préparer quand elle était si prête, si fébrile ?

Ash se demandait ce qui retenait Karen si longtemps à la salle de bains. Etait-elle inquiète ? L'avait-il choquée en se montrant nu ? Il avait pris la précaution de la prévenir. Toutefois, il était exact qu'ils n'étaient encore que des étrangers l'un pour l'autre. Ce à quoi il allait remédier très bientôt. Si elle voulait bien se montrer.

Il fit les cent pas dans la pièce, tentant d'analyser les raisons de son malaise. Il n'était pas sujet à ce genre de trouble et, d'ordinaire, ne se posait pas de question quand il faisait l'amour à la personne de son choix. Sûr de ses talents, que la plus belle des femmes lui avait enseigné, à utiliser dès l'adolescence, il savait donner du plaisir et se satisfaire pleinement.

Pourtant, ce soir, il craignait de ne pas réussir à faire tomber les défenses de Karen. Il redoutait, sans oser se l'avouer, qu'elle ne lui permette pas de lui donner ce qu'il avait à lui apporter. Que, obnubilée par l'idée de l'enfant qu'elle voulait, elle ne voie en lui que… l'étalon. Horrifié, il repoussa cette hypothèse, déterminé à ce que la jeune femme le reconnaisse en tant qu'homme, un homme qui la désirait passionnément et qui souhaitait gagner sa confiance et son estime.

Ce soir, c'était cela, le plus important. Or, il n'avait pas recherché la confiance et l'estime d'une femme depuis bien des années. Quinze, très exactement.

Il refusa de s'appesantir sur son passé et décida d'employer toute son énergie et tout le tact dont il était capable à séduire Karen et à combler ses désirs. Tout ce qu'on lui avait appris et ce qu'il avait découvert par lui-même au fil des expériences. Rester maître de la situation, prendre son temps…

— Ash ?

Il se retourna vivement. Karen, vêtue d'un déshabillé de mousseline de la couleur des roses de sable, se tenait dans la lumière du feu qui l'éclairait à contre-jour et soulignait les courbes de son corps.

Cette belle vision, et le sentiment que la jeune femme lui appartenait, suffirent à éveiller le désir viril d'Ash. Chaque muscle de son corps réagit et il résista difficilement à l'envie d'exercer ses droits d'époux, là, tout de suite, sur le tapis.

Il vit Karen hésitante, troublée, et se souvint qu'il lui faudrait se montrer patient, prendre son temps, retarder sa propre délivrance s'il voulait gagner la confiance de sa femme.

— Venez avec moi, dit-il en lui tendant la main.

Elle s'avança lentement et mit la main dans la sienne. Quand il la guida vers le sofa et la fit asseoir, elle se rembrunit et demanda :

— Pourquoi pas la chambre ?

Il lui servit du champagne, sortant avec élégance la bouteille du seau d'argent posé sur la table basse.

— La chambre viendra plus tard, dit-il. Si nous parlions un peu ?

Il observa que ses mains tremblaient quand elle prit la coupe. Lui-même frémissait mais pour d'autres raisons. La mousseline légère qui enveloppait Karen d'un voile de pudeur... laissait transparaître le bout des seins et, plus bas, la zone plus sombre en haut de ses cuisses.

Karen fit courir son doigt sur le bord de la coupe.

— De quoi voulez-vous parler ? s'enquit-elle.

« De ce que j'ai envie de vous faire », songea le sheikh.

— De votre journée, de votre travail...

Il s'assit sur le canapé, assez loin, pour garder la maîtrise de lui-même.

— Voulez-vous grignoter quelque chose ? Je peux commander ce qui vous fera plaisir.

— Non, merci, j'ai avalé un hamburger.

— Vous ne voulez pas quelque chose qui stimule votre énergie ?

— Pourquoi me parler de mon énergie ? s'étonna-t-elle.

— C'est que j'ai l'intention de vous garder éveillée et... très occupée jusqu'à l'aube.

Un peu de rose monta aux joues de Karen.

— Oh ! dit-elle seulement, enroulant une mèche de ses cheveux sur un doigt.

Ce qui ne manqua pas de donner des idées à son mari.

— Je suis très en forme, je vous assure.

Il posa sa coupe sur la table et se permit de contredire la jeune femme.

— Vous avez l'air fatiguée.

Elle but un peu de champagne puis rapprocha la coupe de ses seins.

— C'est vrai, dit-elle. J'ai eu une longue journée.

Ash se plut à imaginer qu'il prenait la place de la coupe de champagne. Mais il eut une autre idée pour aider Karen à se détendre. Il lui prit la coupe des mains et la posa sur la table, puis il mit deux coussins à l'extrémité du sofa et dit :

— Allongez-vous.

— Ash ! protesta-t-elle.

— Pour vous relaxer, dit-il.

Elle obtempéra avec un peu de méfiance, les bras croisés. Ash se rassit et lui installa les jambes sur ses propres genoux. Puis il se mit à lui masser les pieds, admirant les orteils aux ongles délicatement vernis. Il pétrit la plante puis les talons. Quand il remonta vers les mollets, elle se raidit et il comprit qu'il en faudrait plus pour qu'elle se laisse aller. Parler pourrait aider et lui permettre d'avancer dans la bonne direction…

— Où Maria est-elle partie, si vite après la cérémonie ? demanda-t-il. Elle avait l'air très pressée.

Karen ferma les yeux.

— Elle était attendue quelque part.

— Au *Baronessa* ?

— Non.

Il glissa la main entre les genoux de Karen et attendit sa réaction. Elle ne broncha pas, gardant les paupières closes.

— Etrange qu'elle vous ait abandonnée le jour de votre mariage.

— Elle a besoin de vacances.

— Est-ce à dire qu'elle sera absente un certain temps ?

— Oui.

— Où est-elle allée ?

— Dans le Montana. Personne ne le sait et personne ne doit le savoir, surtout pas Daniel.

Que Maria se rende dans le Montana, l'endroit d'où venait Karen, apparemment en cachette de sa famille, avait de quoi surprendre. Néanmoins, ce que retint Ash, c'est que Karen lui faisait assez confiance pour le mettre au courant. Il en fut touché.

— Je ne dirai rien, promit-il. Des affaires à régler dans le Montana ?

— Non. Rien à voir. Elle a seulement besoin de calme. C'est tout ce que je peux vous dire.

Il aurait pu pousser plus loin mais il n'était pas d'humeur à continuer la conversation. Ses doigts remontèrent à l'intérieur des cuisses de Karen qui ouvrit les yeux.

— Etes-vous plus détendue ? demanda-t-il, sans cesser de caresser ses jambes.

— Pas vraiment, répondit-elle.

— Que puis-je faire pour vous aider ?

Comme s'il ne s'en doutait pas ! Elle poussa un soupir quand les doigts virils reprirent lentement leur progression.

— Vous faites ce qu'il faut, dit-elle.

Ce qu'il faut ? Ce n'était pas assez pour Ash. Il glissa du sofa sur le tapis et se mit à genoux près d'elle. Les lèvres de Karen, maintenant si proches des siennes, le tentaient. Pourtant, il s'abstint de l'embrasser. Il n'était pas prêt.

— Qu'est-ce qu'on fait, maintenant ? demanda Karen, troublée.

— Vous, vous vous laissez faire, dit-il.

Il abaissa une des fines bretelles de son vêtement et posa les lèvres sur la peau délicate de l'épaule. Puis il fit la même chose de l'autre côté. Pressé contre la poitrine de Karen, il sentait le cœur de la jeune femme battre à grands coups. Sa mâle séduction commençait à produire des effets.

— Vous êtes très belle, dit-il. Plus détendue ?

Elle cacha un bâillement derrière sa main.

— De plus en plus, dit-elle. Vous savez vous y prendre, Ash.

Il se promit de faire mieux encore. De lui donner ce qu'elle méritait, de lui montrer qu'il était plus soucieux de son plaisir à elle que du sien propre. Pour cela, il fallait d'abord capter toute son attention, obtenir qu'elle s'abandonne.

Quand il reprit sa place sur le canapé, Karen lui lança un regard interrogateur.

— Pourquoi vous arrêtez-vous ?

Il la fit asseoir près de lui, la tête sur son épaule.

— Vous avez besoin d'une pause.

Il posa les lèvres sur son front et caressa ses cheveux.

— Vous avez eu une longue journée.

— Je vais bien, protesta-t-elle.

— Vous croyez ?

— Juste le champagne qui me monte à la tête.

Il prit la coupe sur la table et la lui présenta.

— Vous l'avez à peine goûté, pourtant. Buvez.

Elle but et se passa la langue sur les lèvres, ce qui ne laissa pas Ash indifférent. Il eut envie de lécher la goutte qui perlait au coin des lèvres de la jeune femme mais se retint.

— Excellent, dit-elle. C'est du champagne français ?

— Bien sûr. Le meilleur.

— Evidemment, sourit-elle. Un prince ne saurait se contenter d'autre chose.

Il avait espéré que, ce soir, elle oublierait qu'il était prince pour ne voir en lui que l'amant de sa nuit de noces.

— Ce soir, déclara-t-il, je ne suis qu'un homme. Un homme en compagnie d'une très belle femme qui est aussi son épouse et qu'il a l'intention de satisfaire.

— Je n'ai jamais douté de votre virilité, affirma-t-elle en laissant glisser son regard sur le peignoir de soie qu'il avait passé.

— Je serai enchanté de vous montrer combien vous me plaisez, si vous décidez de me débarrasser de mon vêtement, dit-il.

Karen tendit la main vers la ceinture mais il arrêta son geste.

— Quand vous serez reposée, précisa-t-il.

— Mais je ne suis pas si fatiguée, protesta-t-elle de nouveau.

— Ne pensez-vous pas qu'il est préférable que nous prenions notre temps ? Souhaitez-vous que nous en finissions très vite, sans préliminaires ?

— Oui. Enfin, non, dit-elle, troublée. Prenons notre temps, ce sera bien plus agréable.

Il se félicita de cette réponse tandis qu'il tendait à Karen sa coupe et qu'elle buvait avec plaisir. Son épouse cachait manifestement une personnalité très sensuelle qu'il lui restait à découvrir. Il la devinait passionnée, presque sauvage… Quel bonheur cela promettait d'être de la combler au lit ! Voilà pourquoi il ne voulait pas hâter les choses : pour savourer chaque instant de leur future étreinte.

Il reposa le verre sur la table et prit les mains de Karen dans les siennes.

— Elles sont grandes, murmura-t-elle.

— Quoi donc ?

— Vos mains, dit-elle. Tout en vous m'impressionne.

— Et c'est mal ?

— Non.

— Parfait. A présent, mettez votre tête sur mon épaule et fermez les yeux.

— Mais, s'étonna Karen, et le bébé ?

C'était bien ce qu'il redoutait : la conception d'un enfant restait la priorité de sa femme alors que lui-même voulait d'abord qu'elle se concentre sur le plaisir à prendre ensemble.

— Nous avons toute la nuit pour apprendre à nous connaître, dit-il, avant de faire ce bébé comme il se doit. Reposez-vous et prenez des forces avant que nous n'allions plus loin.

— Si vous insistez…, céda-t-elle, se détendant contre lui.

Puis elle releva la tête.

— Mais je ne veux pas dormir…

Néanmoins, il ne fallut que quelques minutes pour qu'elle glisse dans le sommeil. Ash n'avait pas prévu qu'elle se détende à ce point ; mais, comme il le lui avait dit, ils avaient toute la nuit devant eux — et peut-être même davantage. Pour cela, il faudrait convaincre Karen de ne pas briser leur mariage après la naissance de l'enfant.

Ces quelques heures, c'étaient tout le délai dont il disposait pour se rendre indispensable à Karen. Il allait les employer talentueusement.

Du moins l'espérait-il.

5.

Karen ouvrit les yeux et se demanda où elle était. Apparemment sur un lit, mais quant à savoir comment elle y était arrivée ! Sur la droite, une pendule lumineuse lui indiqua qu'il était minuit et demi et, entre les doubles rideaux, filtrait un peu de l'éclairage extérieur.

Peu à peu les événements de la journée lui revinrent à la mémoire et elle se rappela qu'elle était allongée à côté du prince Ash, son mari. Nu.

Il était couché sur le ventre, les bras au-dessus de la tête, le visage tourné vers les fenêtres. Tout à fait éveillée, elle roula sur le côté et observa avec intérêt le mouvement régulier de sa respiration qui soulevait son dos athlétique ; elle s'attarda sur la colonne vertébrale et le creux au bas du dos avant de descendre vers les fesses.

Superbe. Et tout à elle, s'il lui plaisait. C'était ce qu'elle était venue chercher, ce qu'elle avait cru voir se réaliser très vite. Elle avait désiré de toutes ses forces qu'ils fassent l'amour sur le canapé, se souvint-elle, et l'aurait volontiers supplié de passer à l'acte si son orgueil n'était intervenu.

En fait, il avait eu raison, elle était fatiguée, plus qu'elle ne voulait l'admettre — mais pas assez pour ne pas être capable d'aller plus loin. Cependant, appuyée contre lui, la tête sur son épaule, elle avait ressenti un tel bien-être qu'elle s'était endormie dans l'instant ou presque. Ce qui signifiait qu'il l'avait portée sur le lit sans qu'elle s'en rende compte ? Qu'avait-il fait d'autre dont elle n'avait pas eu conscience ?

Elle porta la main à sa poitrine et s'aperçut qu'elle portait toujours sa légère nuisette. Et son désir pour cet homme, son mari aux yeux de la loi, était intact. Son désir de faire un enfant, corrigea-t-elle. C'était l'unique raison de sa présence dans ce lit.

Elle tendit la main pour toucher Ash mais se reprit, intimidée, comme si, instinctivement, elle redoutait de libérer la puissance qu'elle sentait bouillonner en lui tout comme en elle. Un frisson d'excitation la parcourut à l'idée qu'elle pourrait bien être dépassée par la situation, que faire l'amour avec Ash Saalem n'était pas un événement banal...

Sans plus réfléchir, elle posa la main à plat entre les omoplates de Ash. Sa peau était brûlante. Rien d'étonnant à cela car tout, chez lui, évoquait le feu, l'incendie, capable de réduire à néant les plus solides résolutions qu'une femme ait jamais prises.

Il ne bougea pas et elle parcourut du doigt la colonne vertébrale jusqu'au creux du dos. Rassurée par l'immobilité du grand corps viril, elle céda à la tentation d'éprouver la fermeté des fesses de son époux, descendit le long des cuisses, et remonta.

Elle eut une grimace de malice : elle se faisait l'impression d'être une gamine se livrant à une exploration sans complexes. Ou plutôt, d'une femme désirante, sans inhibitions.

Comme elle avait envie de lui... ! Entre ses jambes elle sentait perler la rosée du désir. Oui, elle le désirait de tout son être, ne demandait qu'à se soumettre à ses caresses.

Soudain, elle se surprit à évoquer Carl. Jamais elle n'avait ressenti un tel besoin physique avec lui. Curieux qu'elle pense à lui en ce moment, d'ailleurs... Etait-ce le souvenir de l'autorité qu'il mettait à lui faire l'amour, qu'elle en ait envie ou pas ? Leurs ébats l'avaient laissée trop souvent frustrée, insatisfaite sans qu'elle ose l'avouer. D'ailleurs, il ne s'était jamais inquiété de savoir ce qu'elle éprouvait.

Elle repoussa Carl loin d'elle et se concentra sur son mari. Elle se rapprocha et posa les lèvres sur son épaule, une autre façon de poursuivre son exploration...

— Je vois que vous êtes réveillée.

Karen se recula et s'aperçut qu'il avait la tête tournée vers elle et les yeux grands ouverts.

— Vous aussi, on dirait.

Ash rit.

— Encore faudrait-il que j'aie dormi !

— Mais...

Elle s'arrêta, prise de court, saisie à l'idée qu'il avait suivi chacun de ses mouvements. Cependant, loin d'être gênée, elle éprouva un curieux sentiment de puissance.

— Etes-vous reposée ? demanda-t-il.

Reposée, certes mais aussi excitée et anxieuse.

— Oui, dit-elle.

Il se mit sur le côté pour lui faire face.

— Assez pour poursuivre notre lune de miel ?

Et comment donc !

— Oui, si vous, n'êtes pas fatigué.

Du doigt, il caressa le sillon entre ses seins et affirma :

— Je ne me suis jamais senti aussi en forme.

Quand il passa par-dessus elle, Karen retint son souffle. Mais il se contenta d'allumer la lampe de chevet qui éclaira brutalement la pièce.

— Qu'est-ce que vous faites ? demanda-t-elle d'une voix éraillée.

Il restait au-dessus d'elle, les cheveux en désordre, parcourant sans se gêner son corps d'un regard de connaisseur.

— Je veux voir, dit-il. Tout.

Karen, elle, voyait tout de lui — enfin presque. Ses épaules puissantes, sa large poitrine, son ventre plat… Et elle sentait contre elle la virilité brûlante de son prince.

— Enlevez votre vêtement, dit-il de sa voix de basse.

— Vous n'avez pas envie de le faire vous-même ?

— J'en serais très heureux, assura-t-il, mais j'aimerais vous regarder le faire pour moi.

Karen ne songea pas à protester et fit glisser une des bretelles de sa nuisette.

Mais Ash l'arrêta et ordonna :

— Mettez-vous debout près du lit.

Debout ? Elle n'était pas sûre d'en être capable.

— Pourquoi ?

— Pour que j'aie le plaisir de voir votre vêtement glisser sur votre corps. Je suis sûr que cela ne vous sera pas désagréable, ajouta-t-il.

Elle ne s'était jamais déshabillée devant un homme, pas même pour Carl qui préférait l'obscurité. En fait, elle ne l'avait jamais vu vraiment nu.

Elle rejeta les couvertures et se mit debout bien que ses jambes menacent de se dérober. Ash resta allongé sur le côté, la tête reposant sur sa main, les yeux fixés sur elle.

Se forçant à ne pas le quitter du regard, elle abaissa les bretelles et dégagea ses bras, puis tira doucement pour libérer ses seins. L'air frais ajouté au regard attentif de Ash lui donnèrent la chair de poule.

Un coup d'œil au bas-ventre d'Ash qu'elle n'avait fait que deviner la renseigna sur l'effet qu'elle produisait. Un effet très visible. Lentement, elle continua de faire glisser la nuisette et éprouva un sentiment enivrant de puissance. Elle plaisait à son mari, c'était évident.

Elle fit une pause quand le tissu frôla sa toison, hésitant à poursuivre. Combien de maîtresses Ash avait-il eues ? Elle repoussa cette question, se refusant à penser aux autres femmes qui s'étaient elles aussi déshabillées pour lui. Tout ce qui importait, en ce moment, c'est qu'elle était celle dont il désirait la compagnie ce soir. Et qu'ils allaient vivre leur nuit de noces.

Elle réussit à sourire et dégagea ses hanches, laissant tomber la nuisette sur le tapis. Elle l'enjamba, se rapprochant du lit. Ash s'assit, lui faisant face, et parcourut lentement son corps du regard pendant qu'elle luttait contre les frissons.

— Qu'en pensez-vous ? demanda-t-elle, coquette.

— Venez là et vous saurez ce que j'en pense, dit-il en la regardant dans les yeux.

Elle fit un pas. Il écarta les jambes et la retint devant lui. D'un doigt, il caressa ses seins.

— Vous êtes très belle.

Puis il passa la langue sur le bout d'un sein, et Karen se pencha vers lui, s'offrant toute. Il se mit à sucer et elle en ressentit les effets au plus profond d'elle-même. Il avait les mains fermement posées sur ses hanches ; elle posa les siennes sur ses épaules solides pour garder l'équilibre. Il arrêta alors de taquiner ses seins et Karen eut un soupir de dépit. Mais il pétrit ses fesses et dit :

— Vous êtes aussi très douce.

Il caressait ses fesses, remontait vers ses hanches. Bientôt, il effleura la toison de son ventre tout en la regardant bien dans les yeux. Karen gémit ; son corps en feu répondait aux sollicitations d'Ash et le réclamait.

— Où voulez-vous que je vous touche ? murmura-t-il.

— Là où vous alliez le faire, soupira-t-elle.

— Je vais donc le faire et je veux que vous regardiez.

C'est ce qu'elle fit. Elle le vit écarter ses lèvres, se plaire à caresser doucement l'intérieur de sa féminité, la mener au bord de la folie.

— Là aussi, vous êtes très belle.

Karen n'avait jamais éprouvé pareilles sensations, sauf en rêve. Si elle ne s'était pas cramponnée aux solides épaules de son mari, elle se serait écroulée contre lui au fur et à mesure que la tension montait.

Mais alors qu'elle atteignait un point intolérable, il retira sa main. Mon dieu… Voulait-il la rendre folle ? Et qu'il ne lui dise pas qu'elle avait besoin de repos, sinon elle allait le gifler !

— Je n'en ai pas fini avec vous, dit-il. Je veux vous sentir quand vous atteindrez l'orgasme.

Il lui prit les mains.

— Venez.

Elle s'assit sur ses genoux, jambes ouvertes. Avec son aide, elle se laissa aller jusqu'à lui et il la pénétra, lentement. Avant d'être complètement en elle, il marqua une pause.

— Relaxez-vous, Karen.

Comment faire, dans cette position ?

— Vous vous sentirez mieux, insista-t-il.

Gardant une main sur sa taille, il la toucha de l'autre, la caressa jusqu'à ce qu'elle soit de nouveau très excitée. Cette fois, il ne s'arrêta pas — et la force de l'extase qui la saisit la précipita dans une sorte d'oubli de tout ce qui n'était pas le plaisir.

Ash gémit aussi, murmurant quelque chose qu'elle ne comprit pas. Puis il chuchota :

— Faites de moi ce que vous voulez. A présent, c'est vous qui décidez.

Karen avait oublié les vraies raisons de sa présence dans le lit d'Ash. Elle ne pensait plus qu'à cet extraordinaire échange de caresses entre eux.

Elle le prit en elle, complètement, et commença à onduler, doucement d'abord, puis de plus en plus vite. Elle embrassa Ash, explorant sa bouche de sa langue, se livrant à toutes les fantaisies qui lui traversaient l'esprit, jusqu'à ce qu'il interrompe le baiser.

— Maintenant.

Sur ces mots, il fit glisser Karen sur lui et fut en elle plus profondément. Puis il chercha à se plaquer contre elle, contre ses seins. Tout son corps était tendu vers elle. Elle le sentit alors vibrer, frissonner et trembler. Dans l'instant qui suivit, un incontrôlable ouragan le traversait.

Il s'écroula sur le lit, emmenant Karen avec lui. Tous deux étaient secoués de frissons et leurs cœurs battaient à se rompre.

Ils restèrent ainsi, enlacés l'un à l'autre, en silence. Puis Ash roula sur le côté et embrassa Karen, doucement, tendrement. Un baiser qui parlait de sentiments, de tendresse, toutes choses dont Karen ne voulait pas.

Il l'installa avec lui sur l'oreiller et l'entoura de ses bras, lui caressa les cheveux. Elle se sentit protégée, à l'abri du monde extérieur, appréciée, aussi, peut-être pour la première fois de sa vie. Et tout cela lui fit un peu peur car elle ne s'était jamais sentie aussi bien.

D'une voix tendre et toute en murmures, Ash s'inquiéta de savoir s'il n'avait pas été trop brutal et elle le rassura, dit qu'il avait été merveilleux. Cela le fit sourire. D'un sourire aussi doux que les baisers dont il la couvrait maintenant. Emue, Karen sentit comme une fissure s'ouvrir dans son cœur qu'elle pensait blindé contre toute émotion. Elle attribua ce curieux sentiment aux talents érotiques qu'Ash venait de déployer et s'adjura de s'abstenir de toute sentimentalité.

Ils restèrent longtemps ainsi, dans les bras l'un de l'autre. Malgré elle, Karen appréciait le réconfort de cette étreinte chaleureuse. Puis Ash se glissa de nouveau entre ses cuisses, se frotta contre elle et elle s'ouvrit à lui. Il entra en elle d'un long assaut ; de ses doigts habiles, il la caressa jusqu'à ce que le monde explose. Comment cet homme comprenait-il si bien son corps ? Par quel miracle savait-il d'instinct la combler ?

Saurait-il aussi bien combler le vide de son âme, si elle le laissait faire ?

Il pesait sur elle sans que ce poids lui soit un fardeau. Au contraire, elle en éprouvait une joie physique. De même qu'elle aimait la rudesse de son visage ombré de barbe, son souffle tiède dans le creux de son cou. Oui, tout lui plaisait. Beaucoup trop, d'ailleurs.

Il roula sur le côté, gardant un bras en travers de son ventre et la joue contre la sienne. Quand son souffle régulier lui fit comprendre qu'il s'était endormi, elle se sentit seule pour penser à ce qui venait de se passer.

Cette nuit, elle avait tout donné d'elle-même dans le but avoué de faire un enfant. Elle avait accueilli Ash. Et voilà qu'il menaçait de s'installer dans son lit et peut-être dans son cœur. Ce qu'elle ne pouvait admettre. Que se passerait-il si elle lui abandonnait son âme ?

Il fallait vite mettre un terme à cette relation, autrement dit, espérer que cette seule nuit suffirait à concevoir un bébé.

Un peu avant l'aube, Ash sortit sur le balcon, une tasse de café à la main et le cœur plein de sentiments difficiles à analyser.

Il avait su que faire l'amour avec Karen serait un grand moment. Il ne s'était pas trompé. Le résultat avait même dépassé ses espoirs les plus fous. Toutefois, il ne s'était pas attendu à éprouver cette sorte de déprime d'après l'amour qui ne le quittait pas.

Rien à voir avec un désir inassouvi, plutôt une tristesse qui s'attardait.

Loin d'être un timoré, il avait peur de bien peu de choses. Il avait affronté des sommets redoutables, s'était fait un nom dans le monde de la finance, avait réussi à se soustraire à l'emprise de sa famille et avait quitté le seul foyer qu'il ait jamais connu pour se frayer un chemin dans le vaste monde. Néanmoins, il redoutait de tomber amoureux d'une femme, qui, une fois encore, le quitterait. C'est pourquoi il devait s'en tenir à une relation chaleureuse, certes, mais plus amicale que sentimentale.

Ses obligations envers Karen se résumaient à lui faire un enfant et, par la suite, à lui manifester attention et respect. Pas d'amour dans tout cela. Il avait appris à dure école à se protéger contre les émotions inopportunes.

Or, en une nuit, cette femme menaçait déjà sa tranquillité comme aucune autre en quinze ans n'avait réussi à le faire. Pas question de céder à la tentation de se laisser envoûter.

Il ne boudait pas son plaisir et reconnaissait qu'il appréciait le caractère de Karen, de même qu'il se réjouissait de sa sensualité et la désirait de tout son corps. La preuve en était que la brise de ce matin d'été ne parvenait pas à calmer ses ardeurs et qu'il n'avait qu'une hâte : la rejoindre pour connaître l'extase avec elle. Il n'avait fait que commencer à lui montrer ce qu'un homme et une femme pouvaient faire ensemble pour partager les joies d'une sexualité adulte. Cela viendrait peu à peu si elle voulait bien lui donner sa chance. Lors des nuits à venir.

Ou des années à venir.

— Ash, je pars.

Il se retourna pour faire face à Karen. Chemisier blanc, jupe noire, les cheveux nattés, elle était prête à se rendre au travail. Il sentit la colère l'envahir.

Calmement, il posa sa tasse sur la table du patio et réussit à se contrôler.

— Où allez-vous de si bonne heure ? demanda-t-il.

— Au *Baronessa*. En l'absence de Maria, je suis responsable de l'ouverture.

— Les gens viennent s'offrir une glace pour le petit déjeuner ? ironisa-t-il.

— Non, ils viennent prendre un café et des viennoiseries, rétorqua-t-elle. Nous avons quelques clients qui viennent tous les matins, dès que nous ouvrons, à 7 heures.

Ash enfonça ses poings fermés dans les poches de son peignoir et s'enquit d'une voix toujours égale :

— Ce qui veut dire que vous sortirez plus tôt ce soir, puisque vous travaillez ce matin ?

— Ce n'est pas certain, répondit-elle. Il faut que je consulte le planning. Il est possible que je doive faire la journée complète.

— Et après ?

Elle fronça les sourcils.

— Après ?

— Puis-je compter que vous viendrez me rejoindre ?

Elle se mordit la lèvre inférieure avant de répondre.

— Ce n'est pas une mauvaise idée, concéda-t-elle, au moins pour les deux ou trois nuits prochaines. Mon cycle de fertilité va jusque-là.

Ash fit un pas vers elle, maîtrisant difficilement sa colère.

— Vous n'avez pas l'intention que nous vivions ensemble comme il se doit entre mari et femme ? demanda-t-il.

— Je ne sais pas, avoua-t-elle. J'aime mon appartement et je ne vous vois pas venir y vivre. Vous n'y seriez pas heureux.

— Je serais heureux de vivre là où vous êtes, dit-il.

Karen cilla plusieurs fois.

— Nous en parlerons plus tard. Si je ne pars pas maintenant, je vais me retrouver dans le flot de la circulation et je serai en retard. J'ai promis à Maria de veiller à ce que tout se passe bien.

A lui, elle n'avait rien promis, peut-être ? faillit demander Ash. Même devant le juge ?

Non, au fond elle n'avait rien promis de sérieux. Sauf d'être la mère de son enfant. Et cela ne faisait que renforcer sa colère.

— Quand Maria sera de retour, dit-il, vous n'aurez plus besoin de garder ce job d'employée.

Elle hésita puis finit par dire :

— J'ai l'intention de continuer à travailler. J'aime ce que je fais.

— Et si vous êtes enceinte ?

— Je ferai comme les autres femmes. Je m'arrêterai quelques semaines avant la naissance.

— Et je n'ai pas voix au chapitre ?

— Non, répondit-elle sans hésiter, une lueur de défi dans les yeux. Je me sens libre de mes mouvements et de mes décisions. Et je ne me vois pas rester à la maison à ne rien faire. Dans le cas où j'attendrai un enfant, je réfléchirai à l'avenir.

Ash était partagé entre la fureur et la frustration, le désir et une détermination, au moins égale à celle de Karen. La force qui émanait d'elle lui donnait plus que jamais envie de la prendre dans ses bras, de l'emporter au lit pour se livrer avec elle à une étreinte échevelée qui lui ferait oublier son travail et tout ce qui n'était pas lui, la source de son bonheur.

Malgré cela, ce fut avec une maîtrise parfaite de lui-même — maîtrise qui le surprit, d'ailleurs —, qu'il déclara :

— Vous pouvez vous rendre à votre travail. Nous parlerons de tout cela plus tard. De cela et de notre future résidence.

A ces mots, les yeux de Karen lancèrent des éclairs. Se contenant à grand-peine, elle rétorqua :

— Merci de votre permission, Monseigneur. Cependant, dites-vous bien qu'il n'y a rien à discuter concernant mon travail.

Il comprit aussitôt son erreur et changea de stratégie. Avec un sourire ravageur, il choisit de plaider.

— Puis-je vous persuader de me donner un baiser d'adieu ? Un souvenir pour me faire patienter pendant ces longues heures avant votre retour ?

Elle soupira.

— D'accord, juste un baiser. Encore que je ne me sente pas transportée d'affection pour vous en ce moment précis.

Qu'à cela ne tienne, pensa Ash. Il y avait remède à cela. Il s'avança et, sans préambule, lui prit la bouche avec toute la force de sa colère et de son désir. Karen le surprit en répondant aussi ardemment qu'elle l'avait fait la veille, comme si elle affirmait qu'elle était son égale, qu'aucun des deux ne dominerait l'autre. Ce qui ne fut pas sans laisser Ash rêveur.

Bouches unies, souffles mêlés, ils ne respiraient qu'avec la complicité de l'autre. Karen laissa tomber son sac et passa les bras autour du cou de son mari. Ash plaqua les mains sur la cambrure de ses reins, la pressa contre lui, lui faisant savoir qu'il pouvait pousser le jeu plus loin si bon lui semblait.

Mais Karen s'en tint au baiser et se retira. Elle ramassa son sac et lança avec un sourire taquin.

— Nous reprendrons ce soir.

C'est elle qu'il aurait volontiers prise... Il fit une tentative pour l'apitoyer et s'écria :

— Vous n'allez pas me laisser dans cet état !

Elle lui jeta un regard amusé.

— Vous n'avez rien qu'une douche froide ne puisse apaiser.

— Grave erreur, ma chère épouse, assura-t-il. La douche froide n'est d'aucun secours dans ce cas.

Elle haussa les épaules.

— Alors, essayez le repos. Vous avez certainement besoin de reprendre des forces, après notre nuit.

— Si j'étais vous, je ne m'y fierais pas, répliqua-t-il.

Elle fit la sourde oreille, ajusta son chemisier, et conseilla :

— Buvez du jus d'orange. C'est plein de vitamines qui stimulent la fertilité. A plus tard.

Et elle disparut, laissant Ash plus déterminé que jamais à gagner la partie. Ils avaient encore beaucoup à apprendre l'un

85

de l'autre et nombre de décisions à prendre. Par exemple, il refusait l'idée qu'ils vivent séparés. Ils étaient mari et femme, après tout. La suite qu'il occupait à l'hôtel avait rempli son office de résidence pour le célibataire qu'il était mais n'avait rien d'une maison, d'un foyer. Pouvait-il envisager d'aller vivre chez elle ? Avec un enfant, un appartement n'était pas l'idéal… Et ils avaient besoin d'espace, l'un comme l'autre.

Donc, à lui de prendre les choses en mains et de trouver la solution.

Stimulé, il décrocha le téléphone. Si les dieux étaient avec lui, il aurait résolu le problème de leur résidence commune dans les vingt-quatre heures.

6.

— Je vous enlève. Venez avec moi. Maintenant.

Karen était dans un des box, en train de prendre la commande d'une cliente, quand elle entendit la voix de Ash, juste derrière elle. Elle se retourna et le vit en costume trois-pièces noir, coiffé d'une chéchia qui cachait en partie ses cheveux, arborant une expression déterminée qui agaça la jeune femme.

— Qu'est-ce que vous faites là ?

— J'ai besoin de votre aide.

Qu'est-ce qui lui prenait ? Avait-il l'intention de s'offrir une pause érotique au milieu de la journée ?

— Je ne peux pas tout lâcher comme cela, dans la minute, dit-elle.

— Oh, mais si ! intervint la cliente, une femme d'un certain âge, les cheveux flamboyants et les lèvres généreusement rehaussées d'un rouge assorti. Si un bel inconnu venait demander mon aide, poursuivit la dame, je n'hésiterais pas un instant.

Karen éprouva un petit sentiment de fierté — déplacé ? — et répliqua :

— Il ne s'agit pas d'un inconnu.

— Je suis son époux, dit Ash. Nous nous sommes mariés hier.

Les yeux de la cliente s'écarquillèrent d'étonnement. Stupéfaite, elle s'adressa à Karen.

— Et vous êtes au travail ?

Ash lui décocha un sourire charmeur et renchérit :

— C'est exactement ce que je veux dire, chère madame. Nous pourrions être au soleil sur une plage de la Méditerranée si ce n'était le zèle intempestif de ma chère épouse.

La dame émit un petit rire complice.

— Ma chère, si c'est ma commande qui vous retient, j'irai me servir moi-même.

Se sentant coincée, voire ridiculisée, Karen serra les dents et, se tournant vers Ash, lança :

— Chéri, tu sais très bien que c'est mon travail qui te permet de te pavaner en vêtements haute-couture.

Ash ne broncha pas en entendant le grossier mensonge et rétorqua :

— Je préférerais de beaucoup me pavaner sans vêtements du tout.

La dame éclata d'un rire strident qui attira l'attention de Mimi. Elle vint vers le box et s'inquiéta.

— Quelque chose ne va pas ?

Ash lui tendit la main et se présenta :

— Je crois que nous ne nous sommes pas encore rencontrés. Je suis Ashraf Saalem, le mari de Karen.

Mimi lui serra la main et rougit.

— Je vous ai déjà vu, dit-elle. Grands dieux ! Vous ne passez pas inaperçu ! Mon Johnny aussi, — paix à son âme ! — était bel homme quoique moins grand que vous. Etes-vous venu voir votre femme ?

Ash passa un bras autour de la taille de Karen et dit :

— Je suis venu la kidnapper si vous n'y voyez pas d'inconvénients.

— Pas de problème, dit Mimi. Allez-y, vous deux.

Karen s'indigna. On disposait d'elle sans la consulter.

— Mimi, je ne peux pas partir alors que les clients attendent d'être servis.

— Ne t'inquiète pas, dit la serveuse. Nous sommes assez nombreuses pour nous en sortir. Va t'occuper de ton mari.

Karen n'avait rien contre l'idée de s'occuper d'Ash. Elle aurait volontiers enlevé son tablier pour le rouler en boule et le lui flanquer sur la figure. Toutefois, elle n'en fit rien, tendit son carnet de commandes à Mimi et laissa échapper un soupir de contrariété.

— Très bien, dit-elle. J'obéis mais je serai bientôt de retour.

La cliente aux cheveux rouges rit de nouveau.

— Prenez votre temps, ma chère. Rome ne s'est pas construite en un jour et faire l'amour ne s'invente pas.

Karen défit son tablier, attrapa son sac et marmonna :

— J'espère que cela en vaudra la peine !

— Je peux vous assurer que oui, dit Ash derrière elle.

Ils sortirent et Karen s'arrêta sur le trottoir, ne sachant pas où ils allaient ni par quels moyens. Elle se doutait qu'Ash n'utilisait pas les transports en commun mais elle ne lui connaissait pas de voiture.

Un magnifique coupé gris argent était garé un peu plus loin. Une Rolls-Royce décapotée. Même elle pouvait reconnaître ce véhicule de luxe. Lui passant la main sous le coude, c'est vers ce bijou exceptionnel qu'il la dirigea. Evidemment, pensa-t-elle. Le top du top ! La crème de la crème ! Pour son altesse, rien n'était trop beau.

Il lui ouvrit la portière et elle se glissa sur le luxueux siège de cuir. En temps ordinaire, elle aurait apprécié le confort incomparable de la voiture mais elle était encore sous l'impression d'avoir été manipulée, forcée de céder à la pression, contre son gré.

Aussi, quand Ash prit place au volant, elle lui lança un regard noir.

— Cela vous ennuierait de me dire où vous m'emmenez ? Pas à l'hôtel pour un rapide entracte, j'espère.

Quoique cette perspective n'aurait pas été pour lui déplaire, s'avoua-t-elle. Pourquoi fallait-il qu'Ash soit aussi séduisant ?

— Je veux vous montrer quelque chose, annonça-t-il.

Elle leva les yeux au ciel.

— Vous oubliez que je l'ai déjà vu, dit-elle. J'ai vu tout ce qu'il y avait à voir.

Il fit tourner la clé de contact et le moteur ronronna doucement — tout comme Karen d'ailleurs quand il la gratifia de son irrésistible sourire.

— Bien que l'idée de me livrer à votre examen soit loin d'être désagréable, dit-il, ce n'est pas ce que j'ai prévu. Pas pour le moment.

— Alors, qu'est-ce que vous avez prévu ?

Il s'inséra dans la file de voitures avant de répondre.

— C'est une surprise. Quelque chose qui devrait vous plaire.

Elle se demanda ce qu'il pouvait bien avoir encore inventé pour la séduire. Il devait bien se douter que ses vœux avaient été comblés la nuit précédente.

— Je ne suis pas fana de surprises, dit-elle.

— Je suis sûr que vous aimerez, affirma-t-il.

Elle comprit qu'elle ne tirerait rien de plus de lui et se renversa en arrière sur le siège, laissant le vent couler sur son visage, satisfaite d'avoir natté ses cheveux ce matin-là. Sans cela, elle aurait eu l'air d'une folle bien avant qu'ils n'arrivent à destination.

Ils quittèrent le centre de Boston et prirent une autoroute qui, par endroits, longeait la côte et ses plages de sable doré sur lesquelles les vagues vertes venaient s'échouer. Karen appréciait pleinement le paysage car c'est seulement à son arrivée à Boston qu'elle avait vraiment découvert la mer et son enchantement. Cependant, son attention se porta aussi sur les superbes propriétés, vieilles maisons de famille, qui bordaient la route, dominant l'océan.

Elle fit part de son admiration à son compagnon qui se contenta de sourire. Il ne paraissait pas impressionné par la magnificence de ces demeures qui, pour la plupart, appartenaient au patrimoine historique de la région.

Vingt minutes plus tard, ils traversèrent la petite station balnéaire de Marblehead et, d'une main sûre, Ash s'engagea dans une allée privée, toute en courbes, qui finit par déboucher sur une vaste terrasse. Là, se dressait une maison coloniale à un étage, entourée de vieux bouleaux, d'ormes et même d'un bosquet d'érables sur la gauche. Karen imagina sans peine ce que cela donnerait dans quelques semaines quand les arbres prendraient leurs couleurs d'automne. Une splendeur ! Dans l'instant, les pelouses verdoyantes étaient impeccables et les haies d'arbustes taillées au cordeau. Toutefois, elle nota que les encadrements de fenêtres auraient mérité un coup de peinture et que la maison n'était pas en parfait état. Malgré cela, elle tomba sous le charme des grandes fenêtres et des cheminées élégantes qui couronnaient le toit. Quel rêve de vivre dans une telle demeure ! pensa-t-elle.

— Fabuleux, s'exclama-t-elle d'une voix étouffée par l'émotion. Mais, que sommes-nous venus faire ici ?

Ash arrêta la voiture et vint lui ouvrir la portière. Elle sortit, s'étira de plaisir et respira à pleins poumons l'air vif de la mer et l'odeur salée du petit port, situé à l'extrémité de la propriété.

Avant qu'elle puisse ouvrir la bouche, Ash l'entraîna vers la maison et monta les marches du perron.

— Qui habite ici ? demanda-t-elle.

Il prit une clé dans sa poche et dit :

— Nous.

Trop surprise pour trouver une réplique appropriée, elle se contenta de le suivre dans ce qui était un hall d'entrée aux dimensions de cathédrale. Le plafond culminait à cinq ou six mètres au-dessus de leurs têtes et, en face d'eux, un escalier majestueux, couvert d'un tapis bleu fané, conduisait à l'étage. Poussée par la curiosité, Karen s'approcha, s'accroupit et souleva un coin du tapis. Elle découvrit ce qu'elle soupçonnait : le tapis cachait un de ces vieux escaliers de bois de l'époque des premiers colons, fait de larges planches chevillées à l'ancienne.

Son imagination de décoratrice s'enflamma. Elle se vit en train de rénover la maison, repeindre les murs, mettre en valeur les éléments les plus typiques…

« Calme-toi, s'ordonna-t-elle. Es-tu sûre que tu as bien entendu ? Est-ce qu'Ash est l'heureux propriétaire de cette merveille ? »

Elle se tourna vers lui qui affichait un air très satisfait.

— Je croyais que vous n'aviez pas de maison, dit-elle. Du moins, c'est ce que j'avais compris.

— Exact, dit-il. Jusqu'à ce matin.

— Pardon ?

— J'ai acheté cette maison ce matin même.

— Comme cela ! se moqua-t-elle en claquant des doigts. Vous êtes sorti, vous avez été emprunté de l'argent et vous avez acheté une maison.

— Pas besoin d'emprunt, précisa-t-il.

— Voyons que je résume, dit-elle. Vous vous êtes levé, vous avez pris un café, une douche. Après quoi, vous avez exploré la côte du Massachusetts, du nord au sud, jusqu'à ce que vous tombiez sur cette maison et que vous décidiez de l'acheter. C'est bien cela ?

Ash s'appuya contre la rampe et rectifia :

— Pas tout à fait. J'ai d'abord appelé Daniel et, quand je lui ai dit ce que je cherchais, il m'a parlé de cet endroit. La construction remonte au début du XXᵉ siècle et elle a surtout servi de villégiature. Depuis plusieurs années, elle fait l'objet d'une querelle de succession, ce qui explique l'état de relatif délabrement dans lequel elle se trouve. Mais j'ai tout de suite vu ce que l'on pourrait en faire avec quelques travaux.

Elle aussi le voyait !

— C'est superbe ! Le rêve pour un décorateur avisé, dit-elle.

— Je ne pourrai signer les actes de propriété que dans quelques jours, ajouta-t-il. Mais je considère que c'est chose faite et qu'elle nous appartient.

Nous ? releva Karen. Epouser Ash Saalem et avoir un enfant de lui était une chose. Mais vivre sous son toit en était une autre. Cela ressemblait à s'y méprendre à un vrai mariage et Karen se demanda si elle était prête à s'engager à ce point.

Elle se rebiffa :

— Ainsi, vous avez pris sur vous d'acheter une maison pour en faire notre future résidence, sans me consulter ?

— Si vous n'aviez pas insisté pour aller travailler, vous auriez eu votre mot à dire. Daniel m'a parlé de vos talents de décoratrice et j'ai pensé que cela vous plairait de faire de cette maison ce que bon vous semblerait.

A lui, il avait semblé normal de se rendre acquéreur de cette propriété, sans lui demander son avis ! s'indigna Karen.

Malgré cela, elle était conquise et séduite par la tâche qu'il lui proposait.

— Elle a besoin d'une sérieuse rénovation, dit-elle, rejoignant Ash près de la rampe de l'escalier.

De l'ongle, elle en gratta la surface et constata :

— On a peint sur le bois tout comme on a recouvert l'escalier et le parquet. Cela vaudrait la peine de leur redonner leur aspect premier.

— Je vous fais confiance pour y parvenir, dit-il.

Karen se tourna vers lui, essayant de dissimuler le plaisir qu'elle éprouvait à l'idée de redonner à la maison son caractère d'origine.

— Cela demanderait beaucoup d'argent et beaucoup de temps, remarqua-t-elle.

— L'argent n'est pas un problème, assura-t-il. Le temps non plus. Et je suis sûr qu'il y a à Boston des artisans capables d'exécuter les travaux nécessaires. Daniel s'occupe de les recruter.

Bravo, Daniel ! Elle aurait deux mots à lui dire, à celui-là. Quoique, admit-elle, il n'était responsable de rien. Pour lui, Ash et Karen vivaient le bonheur parfait : alors, quoi de plus normal que de contribuer à aider son ami dans la recherche et la restauration de leur nid d'amour. Il avait eu la main heureuse, reconnut-elle en leur signalant cette demeure d'exception.

Quant à elle, elle se voyait déjà dirigeant les travaux, imprimant sa touche personnelle à la maison que Ash avait acquise sans lui en parler.

— J'exigerais que vous me donniez carte blanche, dit-elle, un peu comme un défi. Je voudrais me sentir responsable de toutes mes décisions.

— C'est ce que j'espérais, dit Ash. On continue la visite ?

« Pas si vite, cher monsieur, se dit-elle. Il y a quelques petites choses à mettre au point avant que je ne me laisse complètement envoûter par cet endroit de rêve. Avant que je ne succombe au charme de… mon mari. Que je tombe dans le piège qui m'est tendu ! »

— Qu'adviendra-t-il de cette maison le jour où nous nous séparerons ? demanda-t-elle.

Ash changea d'expression et tourna vers elle un visage fermé, dur.

— Vous parlez de divorce ? dit-il d'une voix où perçait la colère.

Elle eut un mouvement de recul sous l'effet de son ton cinglant mais ne battit pas en retraite.

— Exactement, dit-elle.

Les yeux d'Ash se firent encore plus noirs et, les sourcils froncés, il dit :

— Elle sera à vous. Qu'en ferais-je si je n'ai pas de famille avec laquelle y vivre ?

Karen se sentit mal et bourrelée de remords car elle se rendit compte qu'elle l'avait blessé. Lui qui s'était soucié de lui procurer, à elle et à son enfant, un toit. Et quel toit ! Elle aurait dû le remercier, profiter de l'instant et remettre à plus tard les problèmes d'avenir.

— Désolée, Ash, dit-elle. C'est merveilleux. Je regrette seulement que vous ne m'en ayez pas parlé.

— Vous étiez si pressée de partir travailler…, remarqua-t-il. Vous ne m'avez pas laissé le temps de dire quoi que ce soit.

Il croisa les bras sur sa poitrine et reprit :

— J'ai cru avoir trouvé la solution à notre installation. Il y a quatre chambres à l'étage : une pour notre enfant, l'autre dont j'aimerais faire mon bureau. Les autres, ce sera à vous de décider.

— Ce sera à voir, dit-elle.

Elle lui tendit la main en un geste d'apaisement. Elle qui savait maintenant que le simple contact de cet homme était un pur bonheur.

— Vous voulez bien me faire visiter ? proposa-t-elle.

Sans lui prendre la main, il lui indiqua une porte sur la droite et lui fit signe de passer devant.

Son refus de la toucher lui fit l'effet d'un coup de poignard dans le cœur. Bien fait pour elle, admit-elle. Il avait cru bien faire en lui apportant ce cadeau fabuleux sur un plateau et elle avait tout gâché en parlant de divorce. Tout cela parce qu'elle redoutait la suite de leur histoire, doutait de la viabilité de leur mariage. Craignait de perdre sa liberté et de se laisser anéantir par Ash et ses habitudes de domination. La preuve en était l'achat de cette maison sans son consentement… Il lui fallait rester ferme et déterminée. En dépit des mouvements désordonnés de son cœur qui lui faisait faux bond dès qu'elle était en présence du beau sheikh.

Elle se prit pourtant à rêver d'une union qui ne serait pas un simple contrat, mais un engagement d'une tout autre sorte… Hélas ! Il n'en était rien.

Elle le suivit dans ce qui était le grand salon, dépourvu de meubles mais muni d'une cheminée de briques peinte en blanc. Ils continuèrent par un couloir qui débouchait sur une double porte. Karen découvrit alors une autre grande pièce, très haute de plafond, éclairée d'un lustre de cristal et pourvu d'un parquet ancien qui craquait sous leurs pieds.

— La chambre du maître de maison, dit Ash.

— Une chambre ? Cette immense pièce ? s'étonna Karen, les yeux écarquillés.

Ash sourit. Enfin !

— Oui et là, dit-il, montrant une autre porte, se trouve la salle de bains. L'unique pièce entièrement rénovée. Lavabo, douche et baignoire pour deux.

Karen eut aussitôt la vision fugitive d'une étreinte sous la douche, dans la baignoire…

Comment avait-elle pu se croire capable de demeurer insensible au charme de son mari alors qu'elle avait su, dès leur premier baiser, qu'elle était irrésistiblement attirée par lui ? Comment rester pleinement elle-même si elle partageait la même maison, la même douche, la même baignoire que lui ?

— Intéressant, concéda-t-elle. Comment voyez-vous l'aménagement de cette chambre ?

— Ce sera selon votre goût, dit-il. J'ai ouvert un compte chez le plus grand fabricant de meubles de Boston. Vous choisirez ce qui vous convient. Même chose chez les antiquaires.

— Vous ne voulez pas vous en occuper ?

— Je vous fais entièrement confiance, dit-il. Pourvu que le lit soit assez large et confortable, le reste vous regarde.

Le lit. Les lits, décida-t-elle. Les chambres. Elle laisserait Ash prendre ses aises dans cette superbe pièce. Il méritait bien ce luxe, lui qui avait payé pour cette maison. Elle s'attribuerait une des chambres à l'étage et dormirait dans son propre lit, toute seule, sans avoir à le partager avec lui. Pas très drôle mais absolument indispensable si elle voulait garder son indépendance et toute sa lucidité. Nul doute que ce serait un sujet délicat à aborder lors de leur emménagement.

Elle se dirigea vers les portes-fenêtres, en ouvrit une et s'avança sur un large porche de bois entouré d'un petit mur de briques sur lequel courait ici et là, une treille. Le terrain descendait en pente douce vers le port où des bateaux de pêche et de plaisance étaient ancrés. Quel panorama ! Quelle vue apaisante à contempler aux différentes heures du jour, au lever et au coucher du soleil !

— J'adore la vue, dit-elle.

— Oui, acquiesça Ash. D'autant que le mur protège assez bien des regards et préserve une certaine intimité.

Elle réalisa soudain la proximité de sa présence. L'odeur de son eau de cologne mêlée au son de sa voix flottait autour d'elle, l'enveloppant d'une brume de sensualité.

— On pourrait y mettre une table et des chaises longues, dit-elle. Ce serait parfait pour les petits déjeuners décontractés. Pas besoin de s'habiller.

— Je pense qu'on pourrait se livrer à toutes sortes d'activités sans être habillés et sans être vus, ajouta Ash d'une voix profonde et insinuante.

Les mots restèrent suspendus dans l'air et un courant électrique passa entre eux.

— Les autres chambres sont à l'étage ? s'enquit Karen avec un tremblement dans la voix.

— Oui. Cette pièce a dû être ajoutée tardivement. De l'autre côté du couloir, se trouve une pièce plus petite qui pourra servir de nursery pour notre enfant en attendant qu'il soit en âge de monter à l'étage.

— C'est parfait, dit Karen.

Ce qui l'était moins, c'était la proximité de Ash. Ses mains sur ses épaules. L'effet qu'il produisait sur elle.

Il lui fallut toute sa force de caractère pour ne pas se retourner et laisser parler sa sensualité. En dépit de la fraîcheur de l'air, elle avait l'impression d'être sur le point de prendre feu.

Mais avant qu'elle ne cède à son impulsion et perde tout contrôle, Ash ôta ses mains et fit un pas en arrière.

— On continue la visite ? demanda-t-il.

Karen rencontra le regard de ses yeux noirs et y vit l'éclair du désir qui les illuminait. Désir qui devait aussi se refléter dans les siens, se dit-elle.

— Oui, montons, acquiesça-t-elle, mal à l'aise. Je suis curieuse de voir la disposition des lieux. J'espère trouver une chambre qui me convienne.

— Parce que celle-là ne vous convient pas ? s'étonna Ash.

— Elle est superbe, dit-elle, mais j'estime qu'elle doit vous revenir.

— Je serais heureux de la partager avec vous.

Un regain de colère perçait dans les paroles apparemment anodines d'Ash et Karen le sentit.

— Je ne pense pas que ce soit une bonne idée, s'entêta-t-elle.

Du doigt, il lui caressa la joue et ses yeux reprirent cette expression de douceur qui la faisait fondre.

— Karen, dit-il, je ne demande rien d'autre que la possibilité que nous apprenions à nous connaître. D'autre part, je ferai en sorte que vous ne manquiez de rien pendant votre grossesse. Vous pouvez au moins me permettre de veiller sur vous. Quant au reste, je m'en tiendrai aux termes de notre contrat et je ne vous toucherai que si vous me le demandez.

S'il était dans de telles dispositions, elle ne pouvait refuser de partager son lit. Puisqu'il promettait de ne plus la toucher une fois qu'elle serait enceinte. Se faisait-elle des illusions ? Jouait-elle avec le feu ? Elle décida de ne pas approfondir les raisons qui la faisaient se jeter dans la gueule du loup, en l'occurrence, de son mari.

Bien sûr, elle ne le laisserait pas s'immiscer dans sa vie ou prendre possession de son cœur. Même si les yeux noirs prédisaient des jours difficiles.

Vivre avec Ash Saalem promettait d'être tout sauf une sinécure pour qui refusait de tomber follement amoureuse du beau prince exotique qu'il était.

Le retour vers Boston s'effectua en silence. Ash était perdu dans ses pensées, encore sous le choc de la question de Karen à propos de la maison s'ils décidaient de se séparer. Lui s'inquiétait de son propre sort. Il refusait qu'elle se débarrasse de lui et l'exclue de la vie de son enfant comme on jette au panier les cours de la bourse, si importants la veille et devenus obsolètes dès le matin.

Que pouvait-il faire pour la persuader qu'il était essentiel pour eux de rester ensemble ? Il n'en avait pas la moindre idée. Ou peut-être que si, après tout. Même si c'était le seul, ils avaient un point commun : leur désir réciproque. C'est cet aspect de leur relation qui pouvait tourner à son avantage. Renforcé, espéra-t-il, par son absence temporaire.

Car, pendant que Karen s'attardait à l'étage, Ash avait reçu un appel d'un investisseur européen requérant ses services. Bien qu'il eût préféré ne pas s'absenter, Ash n'avait pu refuser ce nouveau client et avait accepté de se rendre en Europe. Mises à part les importantes retombées financières, avait-il tort de penser que son absence pourrait être bénéfique à leur relation ? Se faisait-il des illusions en imaginant que son épouse souffrirait de son absence ?

Il se gara un peu avant le *Baronessa* et referma la capote de la voiture pour ménager leur intimité. Il se tourna alors vers Karen et déclara :

— Je dois vous prévenir que j'ai été obligé de modifier mes plans pour ce soir. Il faut que je m'absente. Je pars pour l'Europe.

Elle parut désorientée et affichait sa déconvenue.

— Comment ? Maintenant ?

— Ce soir.

— Nous ne pourrons donc pas… ?

Elle s'interrompit, s'obligea à poser les mains calmement sur ses genoux.

— Enfin, je veux dire…

— Faire l'amour ? acheva-t-il à sa place. Non. L'affaire qui m'appelle ne souffre aucun retard.

— Notre arrangement non plus, dit-elle. Il ne reste que quelques jours pour concevoir un bébé.

— Si nous n'avons pas atteint notre but, si vous n'êtes pas enceinte, dit-il d'un ton léger, eh bien, il nous faudra recommencer le mois prochain.

Entre-temps, réussirait-il à garder, euh... la tête froide ? se demanda-t-il.

— Vous allez être absent tout un mois ? s'écria-t-elle.

La déception qu'elle ne parvenait pas à cacher réjouissait Ash.

— Au moins deux bonnes semaines, dit-il.

Le silence régna de nouveau dans la voiture jusqu'à ce que Karen demande :

— A quelle heure décolle votre avion ?

— 18 heures.

Elle soupira.

— Désolée. Je ne serai libre qu'après 19 heures.

Il étendit la main et caressa le genou de Karen, remontant légèrement sous l'ourlet de la jupe.

— Ce soir, le devoir passe avant l'amour, dit-il.

— Vous avez raison.

Elle jouait avec les boutons de son chemisier et rien que ce geste donnait des frissons à Ash. Il la désirait de tout son corps et voulait qu'elle le désire. Réussirait-il à la convaincre de se mettre en congé pour l'après-midi ? De saisir cette occasion de passer quelques heures avec lui à faire... plus ample connaissance ? Il ne s'y essaierait pas avec des mots... Il glissa la main un peu plus avant sous la jupe et se prit à regretter de ne pas avoir choisi une confortable limousine au lieu du coupé.

— Il semble que vous et moi soyons face à un dilemme, remarqua-t-il. Nous sommes partagés entre le plaisir et le devoir.

Sans quitter des yeux le tableau de bord qui semblait mériter toute son attention, Karen approuva.

— Très juste.

Il lui caressa lentement la cuisse et ajouta :

— Quel dommage de ne pas pouvoir passer la soirée ensemble.

— Oui. Dommage.

— On pourrait envisager de rentrer à l'hôtel pour une heure ou deux, suggéra-t-il. Toutefois, il faut que je fasse ma valise.

— Et il faut que j'aille au *Baronessa*.

Il avança encore la main.

— Vous en êtes sûre ?

Elle se refusait toujours à le regarder et bafouilla :

— Non… Oui. Sinon Mimi va se demander ce qui me retient.

De sa main libre, il lui prit le menton. Puis il l'embrassa et elle répondit avec fougue, mêlant sa langue à la sienne, ne lui laissant aucun doute sur ses désirs et ses envies.

Il s'arracha au baiser et proposa :

— Venez à l'hôtel.

Il la vit hésiter, se reprendre et afficher cet air entêté qu'il détestait.

De son pouce, il caressa l'intérieur de la cuisse.

— Vous ne voulez pas vous faire d'autres souvenirs agréables qui vous réconforteraient en mon absence ? Il n'est pas nécessaire d'aller à l'hôtel…

Il nota que la respiration de Karen s'affolait et qu'elle n'était pas entièrement opposée à l'idée. Cependant, elle s'indigna :

— Vous n'y pensez pas ! Dans une voiture, en plein jour ? Là où tout le monde peut nous voir ?

— Qui m'en voudrait de donner du plaisir à ma légitime épouse ? rétorqua-t-il.

Elle serra les jambes, emprisonnant la main de Ash là où elle était, et dit, lèvres serrées :

— Pas ici. Nous nous ferions pincer par la police. En outre, il n'y a pas d'espace.

Il lui murmura à l'oreille :

— Il y a mille manières de faire l'amour, Karen, quel que soit l'endroit. Je suis prêt à vous en faire la démonstration.

Elle dégagea la main aventureuse et la posa sur ses genoux à lui. D'un ton ferme, elle affirma :

— Je crois que vous et moi avons tout intérêt à nous rappeler ce que nous sommes convenus, à savoir que nous ne ferons plus l'amour dès lors que je serai enceinte. Sinon, cela ne fera que compliquer les choses.

— Très bien, dit-il sèchement. Nous ne ferons donc l'amour qu'à votre demande. Et croyez-moi, vous me le demanderez, Karen. Vous me supplierez, même, assura-t-il.

Si Karen n'avait pas supplié le sheikh de lui faire l'amour, c'était pour la seule et unique raison qu'il était absent. Absent depuis quinze jours, dix heures et vingt minutes, à quelque chose près. Pendant ce temps, elle n'était pas restée inactive. Son travail au salon de thé ainsi que la supervision des travaux de la maison avaient rempli ses journées. Malgré cela, Ash n'était jamais très éloigné de ses pensées, et jusque tard le soir elle se remémorait ses baisers, le contact de sa peau, son ardeur à lui faire l'amour. Une chose la préoccupait : elle n'avait toujours pas résolu la question des chambres. Allait-elle tenir sa promesse et partager le lit de son mari ?

Tôt, ce matin, elle avait emménagé dans la nouvelle maison car les ouvriers avaient terminé de rafraîchir la suite principale selon ses ordres : un papier à fleurs sur l'un des murs pour meubler l'espace, un carrelage italien dans la salle de bains et les planchers de bois remis en état. Maintenant, ils s'attaquaient à la cuisine. L'essentiel des meubles qu'elle avait choisis venait d'être livré, y compris un énorme lit à baldaquin d'époque coloniale — en fait, le seul lit de la maison. Ce soir, elle y dormirait, seule. Cette perspective ne faisait que renforcer le sentiment de

solitude et d'abandon qu'elle éprouvait depuis le départ d'Ash
— ce même sentiment qui l'avait rongée avant qu'elle ne quitte
le Montana pour Boston.

Elle avait appelé Maria plusieurs fois, autant pour prendre des
nouvelles que pour s'épancher. Néanmoins, même les confidences
échangées n'avaient pas apporté de consolation à Karen. Son
âme était vide. Même les coups de fil d'Ash ne suffisaient pas
à la débarrasser de sa tristesse. Peut-être parce qu'ils n'étaient
pas très personnels… En fait, elle et son mari se contentaient
de faire le point sur les travaux et sur les affaires en cours.

Dieu qu'il lui manquait…

Tant mieux, dans un sens. Mais que d'émotion à gérer… Elle
se sentait submergée. Au retour d'Ash, mieux vaudrait s'en tenir
à une relation chaste, estima-t-elle. Sauf si elle n'était pas encore
enceinte, évidemment. Ce qu'elle n'allait pas tarder à savoir.

Elle n'avait que trois jours de retard mais le test qu'elle s'était
procuré garantissait des résultats fiables très rapidement. Dans
la salle de bains rénovée, elle se prépara à affronter la vérité…
Patience… Quelques minutes qu'elle employa à se natter les
cheveux, se brosser les dents, et à se maquiller. Quand le réveil
sonna, indiquant que le temps était écoulé, elle sursauta et le rouge
à lèvres dévia, lui faisant une grande balafre au menton.

D'une main tremblante, elle arrêta l'alarme. Là, elle se retrouva
paralysée, incapable de s'approcher du test. Elle qui avait tant
voulu savoir, elle avait peur. Peur d'être déçue. Peur aussi d'avoir
conçu un enfant d'un homme beaucoup trop irrésistible pour sa
tranquillité d'esprit. Un homme dominateur, aux commandes
de son monde et de sa vie.

Avec un Kleenex, elle essuya la marque de rouge sur son
menton et, prenant son courage à deux mains, le cœur battant, le
sang lui martelant les tempes, s'empara du test. Elle contempla
le résultat pendant une longue seconde. Ferma les yeux. Regarda

de nouveau attentivement, une fois, deux fois, et finalement se rendit à l'évidence : son rêve se réalisait !

Le test affichait « positif » !

Elle était enceinte ! Enceinte et sous le choc. Heureuse et effarée. Stupéfaite et transportée. Pleurant de joie dans le silence de la salle de bains, de la maison déserte. Sans personne avec qui partager ce moment extraordinaire. Même pas avec le responsable de ce miracle, le père de son enfant.

Elle aurait peut-être dû l'appeler — bien qu'elle ne connût pas exactement son emploi du temps. Est-ce qu'on annonçait ce genre de nouvelle au téléphone ? se demanda-t-elle. Il lui avait laissé entendre qu'il prévoyait de rentrer à Boston le lendemain. Mais ce n'était pas certain.

Elle se reprocha de ne pas avoir attendu son retour pour faire le test. En fait, elle n'avait pas cru à une grossesse si rapide. Et puis, après tout, mieux valait savoir tout de suite. Elle aurait ainsi tout le temps de préparer l'arrivée du bébé et de prendre ses dispositions. Changer ses habitudes alimentaires, diminuer sa ration de café, par exemple, prendre les rendez-vous médicaux indispensables… Sans parler du plus important : maintenant qu'elle avait atteint son but, elle pouvait recouvrer sa tranquillité. Plus aucune raison de faire l'amour avec Ash.

Ce qui ne signifiait pas qu'elle n'en ait plus envie, s'avoua-t-elle honnêtement.

La journée au *Baronessa* passa comme l'éclair tant Karen était euphorique. Tout sourire, elle fit la joie des clients. Cependant, elle eut un petit pincement au cœur quand elle servit une famille avec deux adorables petites filles. Les parents échangeaient des regards amoureux, supportaient avec une patience attendrie l'exubérance de leurs filles pour qui cette sortie était une fête. Elle se prit à imaginer ce que ce serait d'entretenir une telle relation de complicité et de tendresse avec Ash, d'être l'objet d'un amour si intense de la part d'un homme que même les étrangers le remarqueraient.

Et avoir un enfant dont les yeux pleins d'amour se lèveraient vers elle !

Ce bébé qu'elle portait l'aimerait. Et elle-même aurait quelqu'un à aimer. Au moins, elle ne serait plus jamais seule.

Ce soir-là, quand elle arriva enfin à la maison, elle avait mal aux pieds, la tête lourde et un curieux sentiment de frustration. Elle se mit sous la douche et y resta longtemps, portant la main à son ventre comme pour mieux croire au miracle. Car cela restait encore très abstrait. Peut-être réaliserait-elle vraiment quand elle aurait annoncé la nouvelle à Ash.

En sortant de la salle de bains, elle regarda de nouveau le test… Elle était bel et bien enceinte.

Et seule.

Elle hésita avant d'enfiler son peignoir, le regard tourné vers les deux immenses penderies, à l'autre bout de la pièce. Ils résumaient assez bien sa relation avec Ash : deux personnes cohabitant mais évoluant dans des mondes différents et vivant des vies différentes.

Elle ouvrit le placard d'Ash. Il avait fait transporter ses affaires personnelles qu'elle avait rangées soigneusement sur des cintres et dans les tiroirs. D'une main, elle effleura la rangée impressionnante de costumes et de manteaux. Une longue robe de lin blanc, ornée de broderies d'or somptueuses, attira son attention. Une tenue de cérémonie traditionnelle, devina-t-elle. Elle n'avait jamais vu Ash la porter mais l'imagina aisément, plus impressionnant et plus beau que jamais.

Telle une épouse délaissée qui enfile une des chemises de son mari pour se sentir plus proche de lui, Karen dégagea la robe du cintre. Elle laissa tomber le drap de bain enroulé autour d'elle et enfila le vêtement sur son corps nu. Le tissu n'était pas des plus doux sur la peau et la robe était évidemment trop longue. Malgré cela, elle eut un petit soupir de bien-être : une odeur subtile émanait du vêtement, celle d'Ash. D'une certaine façon, il était là, près d'elle, en dépit de la distance qui les séparait.

— Ma djellabah vous plaît-elle ?

Et voilà ! Il fallait que cela arrive ! Prise en flagrant délit ! Ce fut ce qui vint à l'esprit de Karen quand elle entendit la question.

Prise entre l'envie de disparaître et l'irrésistible besoin de s'assurer qu'elle ne rêvait pas, elle choisit la deuxième option et se retourna. Ash était bien là, debout dans l'encadrement de la porte, grand, beau et… sombre. Car il ne souriait pas. Il avait même l'air très irrité.

C'est alors qu'elle vit ce qu'il tenait à la main : son test de grossesse qu'elle avait laissé en évidence dans la salle de bains.

Elle le regarda dans les yeux.

— Je ne vous ai pas entendu entrer.

— Je suis ici depuis le début de l'après-midi.

— Où cela ?

— A l'étage, dans une pièce que j'ai aménagée en bureau. J'ai fait livrer l'équipement nécessaire pendant que vous étiez au salon de thé.

Ainsi, elle était rentrée et avait pris sa douche sans qu'il se manifeste !

— Et vous n'avez pas bougé à mon arrivée ?

Il leva la boîte qu'il tenait à la main et, sans répondre à la question, demanda :

— N'avez-vous rien à me dire ?

Karen s'enveloppa de ses bras, réprimant un soudain frisson.

— Vous êtes au courant, manifestement, dit-elle.

Elle rit de bonheur. Un immense sourire illumina son visage.

— Je suis enceinte !

Elle attendit la réaction d'Ash s'attendant qu'il parle, la félicite, la prenne dans ses bras… Mais rien ne vint. Il restait là, planté devant elle, muet. Au bout de ce qui lui parut de longues minutes, elle n'y tint plus.

— C'est tout ce que cela vous fait ? demanda-t-elle, incapable d'attendre plus longtemps qu'il lui dise ce qu'il pensait.

— Vous me voyez satisfait.

Satisfait ? Seulement satisfait ? Le sourire s'effaça du visage de Karen.

— Moi, je suis aux anges, dit-elle. C'est le plus beau jour de ma vie.

C'était, jusqu'à ce qu'il vienne jouer les rabat-joie avec ses mots tièdes prononcés du bout des lèvres.

Un instant, elle eut l'impression qu'il allait s'avancer et la serrer contre lui, ce qu'elle souhaitait de tout son corps, de tout son cœur et de toute son âme. Il n'en fit rien.

— Je serai en haut, dit-il avant de tourner les talons sans plus de commentaires.

Elle resta seule dans la grande pièce, revêtue de la robe du sheikh, aussi abasourdie que si on lui avait plongé un poignard dans le cœur.

Elle tenta de comprendre, de s'expliquer la réaction de son époux. Le choc de la nouvelle, sans aucun doute… La peur aussi, peut-être, comme elle.

Mais elle rejeta cette supposition car elle ne voyait rien qui puisse effrayer le sheikh Ashraf Saalem.

7.

Karen se trompait du tout au tout. Ash avait effectivement eu peur à l'annonce de cette grossesse et ne s'expliquait pas pourquoi. C'est pourtant ce qui l'avait poussé à fuir, à se réfugier dans ce qui allait devenir son bureau et qu'il arpentait nerveusement de long en large. Au lieu d'être en bas avec Karen, en train de la tenir dans ses bras, de fêter avec son épouse légitime la prochaine naissance de leur enfant.

Il finit par tenter de se mettre au travail. Mais il savait depuis toujours que, sans la concentration nécessaire, la tâche était bâclée. Or, ce soir, il ne parvenait pas à se concentrer. Il revoyait sans cesse Karen, le visage illuminé de joie, lui annonçant qu'elle était enceinte. Il se souvenait d'avoir eu follement envie de la serrer contre lui, de l'embrasser jusqu'à ce qu'elle demande grâce et de l'entraîner vers le grand lit pour célébrer la nouvelle.

Mais aussitôt, il avait été pris de panique à l'idée qu'elle allait le quitter. C'est ce qui avait provoqué sa fuite, reconnut-il. Car maintenant que l'objectif était atteint, il n'était pas impossible qu'elle reprenne sa liberté malgré leur contrat. Le fait d'avoir été, autrefois, abandonné par une femme qu'il avait aimée de toutes les fibres de son corps n'était pas étranger à son attitude. La traîtresse avait pris l'argent que le père d'Ash lui offrait et l'avait quitté sans l'ombre d'un remords.

Il avait surmonté le choc de la déception et s'en était remis. Néanmoins, après cette douloureuse expérience, il s'était juré de ne plus jamais s'y laisser prendre. Ce qu'il avait parfaitement réussi jusque-là. Jusqu'à ce que Karen entre dans sa vie.

Qu'avait-elle de si particulier pour qu'il en vienne à se poser des questions sur ses sentiments et doute de lui-même ? Qu'importe ! L'essentiel était ailleurs. Elle était son épouse et c'était à lui de la convaincre qu'ils pouvaient construire ensemble un avenir solide. Leur expérience au lit, l'entente et le plaisir qu'ils avaient découverts, seraient les fondement d'une relation d'affection et de respect, sinon d'amour.

Il ferma son ordinateur, rangea le dossier sur lequel il avait fait semblant de travailler et descendit à la recherche de sa femme. Il la trouva dans la chambre, assise au bord du lit, vêtue d'une chemise de nuit de pensionnaire qui la couvrait de la tête aux genoux. Un livre noir, à la couverture fanée était ouvert entre ses mains.

Quand elle releva la tête, il vit tout de suite les larmes qui coulaient sur son visage. Saisi par le remords, il la prit dans ses bras dans un grand élan de tendresse, ne demandant rien d'autre que la protéger et lui redonner le sourire.

— Karen, je suis navré. Je ne veux pas que ma maladresse vous fasse souffrir, dit-il. J'aurais dû réagir autrement.

Elle balaya ses larmes du revers de la main et le regarda :

— Il n'y a pas que votre réaction ou votre indifférence, dit-elle. C'est aussi cela : le journal de ma grand-mère. Je relis le passage où elle raconte comment elle a ramené mon père, bébé, à la maison après l'avoir kidnappé à l'hôpital. De toute évidence, elle savait qu'elle commettait une faute grave.

Ash avait entendu Daniel raconter cette histoire mais il n'y avait pas prêté autrement attention. Il savait aussi que les parents de Karen étaient morts l'année précédente.

— Elle a délibérément choisi de garder un enfant qui ne lui appartenait pas ?

— Oui, elle se savait coupable d'un acte odieux et en a souffert toute sa vie. Cela ne l'excuse pas mais j'aurais voulu qu'elle sache que, moi, au moins, je lui ai pardonné.

— Vous lui avez pardonné ?

— Depuis longtemps, depuis que je sais, en fait. C'est un peu comme si je la comprenais — sans l'approuver, évidemment, s'empressa-t-elle d'ajouter.

D'une main douce, il releva une mèche de cheveux qui lui tombait sur les yeux et demanda :

— Vous l'aimiez beaucoup ?

— De tout mon cœur, dit-elle avec émotion.

— *Illi faat maat.*

— Qu'est-ce que cela veut dire ?

— Que le passé est derrière nous. Qu'il faut passer l'éponge.

Il s'étonna de s'entendre donner de si bons conseils, lui qui n'avait pas su les mettre en pratique. Lui qui n'avait jamais pardonné à son père. Et ne lui pardonnerait sans doute jamais.

— J'ai eu des parents et des grands-parents merveilleux, dit Karen, retenant ses larmes. Mais ils sont morts et ils ne sauront jamais, pour le bébé.

Ash resserra son étreinte, plus honteux encore de l'avoir si mal entourée.

— Je suis là, dit-il. Ne craignez rien. Je serai toujours là pour vous et pour notre enfant.

Elle lui jeta un regard de prière et demanda :

— Cela vous ennuie de me prendre dans vos bras ?

— Au contraire.

Mais quand il la vit ouvrir le lit et s'y glisser, il comprit que le moment était venu pour lui de faire preuve de grandeur d'âme et d'un contrôle imparable. Ce qui n'était pas, a priori, gagné d'avance. Pour plus de sûreté, il n'enleva que ses chaussures et sa chemise. Karen se lova contre lui, lui offrant son dos tandis qu'il l'entourait de ses bras et la tenait étroitement serrée. Ce n'est pas sans peine qu'il réfréna l'impulsion qui le poussait à prendre les seins de Karen dans ses mains, à la déshabiller et à se déshabiller aussi pour sentir le contact de leurs peaux, pour caresser les courbes de ses hanches et embrasser son dos.

Il dut se répéter à maintes reprises qu'elle cherchait le réconfort de sa présence, et non un moment de sensualité.

Effectivement, il la sentit se détendre et son souffle régulier l'avertit qu'elle s'était assoupie. En lui, cependant, le désir subsistait, mêlé d'émotions qu'il croyait enfouies et qui resurgissaient après de longues années.

Certain qu'elle dormait, il caressa de la main le ventre de Karen, là où se cachait maintenant leur enfant. Promesse d'avenir. Elle lui offrait un héritier, un successeur, un autre lui-même et ce don inégalable dépassait en générosité tout ce qu'il avait pu imaginer.

Plus il y pensait, plus il se sentait ému et ses défenses cédaient progressivement devant un tel miracle. Ahsraf Saalem se trouvait en grand danger de perdre son cœur… Au risque que sa nouvelle épouse, elle aussi, l'abandonne.

Le meilleur moyen d'éviter que l'histoire ne se répète, résolut-il, était encore de garder ses distances, de ne pas rechercher l'intimité… qu'il mourait pourtant d'envie de connaître de nouveau. Il se contenterait de procurer à Karen tout le confort possible, de satisfaire ses goûts et ses besoins jusqu'à ce qu'elle lui fasse confiance. Pendant ce temps, il devrait, lui, se satisfaire de penser qu'elle lui était redevable.

Un jour, peut-être, elle aurait envie d'autre chose.

*
* *

Jamais Karen ne s'était sentie aussi bien. Elle débordait d'énergie, mettant à mal les prédictions de son médecin. Il l'avait prévenue qu'elle aurait davantage besoin de sommeil. En réalité, c'était l'inverse et elle avait du mal à s'endormir bien qu'elle passe ses nuits dans les bras de Ash. Ils échangeaient leurs impressions, faisaient des projets, rien de plus.

Elle avait, non sans peine, réussi à le persuader de ne pas dormir tout nu, ce qu'il aimait pourtant depuis toujours. Pour lui faire plaisir, il avait accepté de porter un pantalon de pyjama — mais pas la veste. Il semblait…, disons, satisfait de la tenir dans ses bras, de façon toute affectueuse. Elle avait souvent eu la tentation de se blottir contre lui et de lui demander de lui faire l'amour. Mais elle avait résisté, en partie par orgueil, en partie parce qu'elle ne voulait pas s'engager plus avant dans une relation qu'elle ne contrôlerait pas.

Quoiqu'il en soit, elle n'avait pas cédé à ses impulsions et ils n'avaient pas renouvelé leur première expérience. Ce qui la rendait folle, s'avoua-t-elle. Elle était prête à jeter aux orties tout contrat, toutes ses exigences du début, prête à le… supplier de lui faire l'amour. Ce soir, en particulier.

Ils étaient tous les deux dans la cuisine. Elle finissait de faire la vaisselle et il venait de l'y rejoindre après avoir pris sa douche. C'était devenu une sorte de routine. Il avait enfilé le fameux pantalon de pyjama assorti d'un grand T-shirt blanc. Elle portait une courte robe de chambre de soie bleu foncé sous laquelle elle était nue — ce qui ne faisait pas, à proprement parlé, partie de la routine.

Tout contact occasionnel aiguisait la sensualité à fleur de peau de Karen. L'odeur d'Ash lui donnait envie de se précipiter sur lui sans vergogne et chaque mot qui sortait de sa bouche résonnait dans ses oreilles comme un appel érotique.

Il prit un torchon — mais oui ! — et l'aida à essuyer la vaisselle.

— Comment s'est passée la journée ? demanda-t-il. Vous êtes-vous sentie en forme ?

— Très. J'ai eu ma première envie de femme enceinte.

Il sourit :

— Qu'est-ce que c'était ?

— Vous allez vous moquer de moi.

— Je promets de n'en rien faire.

— Des olives. Des olives d'Espagne. J'étais là, au milieu des clients, et j'ai eu envie d'une olive.

Il éclata de rire.

— Plutôt bizarre comme envie.

S'il savait de quoi d'autre elle avait eu envie, il aurait peut-être été moins surpris. Elle le menaça du doigt.

— Vous avez promis de ne pas vous moquer.

— Pardon, dit-il. Cela me rassure sur votre état de santé.

Il redevint sérieux et ajouta :

— J'ai peur que vous ne vous fatiguiez, entre votre travail et la rénovation de la maison.

Elle haussa les épaules.

— Ne vous inquiétez pas. Je me sens parfaitement capable d'assumer les deux.

— D'ici à la fin de la semaine, la cuisine devrait prendre forme et les nouveaux appareils ménagers vous dispenseront des corvées. D'autre part, je vais me mettre à la recherche d'une femme de charge.

Karen aurait voulu lui dire qu'elle ne détestait pas ces moments passés dans la cuisine. Loin de là. Cela leur offrait l'occasion de parler, d'apprendre à se connaître. Dans l'ambiance décontractée de la cuisine, son mari commençait à se livrer un peu plus. Cependant, elle sentait encore chez lui un certain mystère…

— Faire la vaisselle n'est pas une corvée, dit-elle. Nous ne sommes que deux. D'autre part, je ne sais pas si nous avons besoin d'une femme de charge.

— La maison est grande et cela représente beaucoup de travail, dit-il. Quand le bébé sera là, vous aurez autre chose à faire que de vous occuper de ménage.

Elle mit la dernière assiette dans l'égouttoir et admit :

— Vous avez raison. Je serai heureuse de pouvoir laisser les tâches ménagères à quelqu'un d'autre.

— Je vais donc me mettre en quête de la personne, dit-il. Dès la semaine prochaine.

Elle s'appuya des deux mains au bord de l'évier avant de déclarer :

— J'aimerais avoir mon mot à dire. Je ne veux pas d'une totale inconnue dans la maison.

Il leva un sourcil.

— Vous n'avez pas confiance en mon jugement ?

— Je n'ai rien dit de pareil, rectifia-t-elle. Simplement, j'aimerais participer aux entretiens.

Elle eut un sourire taquin et ajouta :

— Et si je veux un homme de ménage ?

Ash eut l'air surpris. Apparemment, la pilule était difficile à avaler. Il s'étonna :

— Vous verriez un homme s'occuper des tâches ménagères ?

— Pourquoi pas ? Regardez-vous. Vous essuyez la vaisselle et vous le faites très bien.

Il lui lança un regard d'une sensualité époustouflante.

— J'ai toujours aimé travailler de mes mains. Cela dit, je ne m'étais jamais attaqué à la vaisselle.

Si on avait demandé l'avis de Karen, elle aurait avoué préférer de beaucoup qu'il se serve de ses mains pour autre chose que la vaisselle.

Comme s'il avait lu dans ses pensées, il s'approcha et se plaqua contre elle. Elle se mordit la lèvre pour se retenir de balbutier : « Oui, oui. J'ai envie de vous. Là, par terre sur la bâche, sur le comptoir, contre le réfrigérateur. » Son corps réclamait, affolé par le charme sensuel du trop beau sheikh. Un désir que décuplait la grossesse toute récente.

Elle s'immobilisa quand il la prit par les épaules.

— Quels services demanderiez-vous à un homme de ménage ? demanda-t-il.

Elle lui jeta un regard malicieux et répondit :

— Laver par terre, passer l'aspirateur et, de temps à autre, un petit massage, peut-être bien.

De ses pouces, il lui pétrit la nuque.

— Mes massages, à moi, vous n'aimez pas ?

Elle baissa la tête pour lui faciliter la tâche.

— Vous ne vous débrouillez pas mal.

— Pas mal ! s'indigna-t-il.

— D'accord. Plutôt bien.

Il descendit vers le creux de ses reins et demanda :

— Ici, vous aimez aussi ?

Sans se soucier des conséquences, elle s'empara de la main de son mari, la posa sur son sein et s'appuya contre lui. Déterminée à obtenir de lui ce qu'il pouvait lui donner.

— Je ne dirais pas non à quelques caresses, murmura-t-elle.

Il étreignit ses seins ; de ses pouces, il en caressa le bout qui réagit aussitôt.

— Cela vous plaît-il ?

— Vous vous approchez de ce qui me plaît, dit-elle.

— Où dois-je me rendre pour être encore plus près ? murmura-t-il dans son cou.

Elle lui prit la main et la posa sur le bas de son ventre.

— Je veux… J'ai besoin…

— De quoi avez-vous besoin ?

Le murmure de sa voix rauque attisa le feu dans les veines de Karen. Elle leva les mains et les enfonça dans la chevelure noire et encore humide de son époux.

— J'ai besoin d'être à vous, Ash, totalement.

— Que me demandez-vous, Karen ?

Bien sûr, il savait ce qu'elle voulait. S'il fallait l'exprimer clairement, s'il voulait le lui entendre dire, qu'à cela ne tienne.

— Je vous demande de me faire l'amour, dit-elle.

— Etes-vous absolument sûre de votre décision ?

— Oui.

Il écarta ses cheveux et couvrit sa nuque de petits baisers.

— Dans ce cas, nous devrions gagner notre lit, dit-il.

Trop intime, trop… conjugal, songea Karen, inquiète. S'ils faisaient l'amour dans la cuisine, elle pourrait entretenir l'illusion qu'il ne s'agissait que de sexe, que d'un besoin purement physique. Pas d'amour.

Elle se serra contre Ash et ne fut pas surprise de le sentir déjà prêt.

— Inutile d'attendre. Faisons l'amour ici, dit-elle.

Ash hésita.

— J'ai peur de vous faire mal, à vous ou à l'enfant.

— Aucun problème d'après mon médecin.

— Vous êtes allée voir un médecin ?

C'était dit sèchement, sur un ton de reproche étonné. De contrariété.

— Oui, ce matin.

Il la fit pivoter sur elle-même et elle vit au regard de ses yeux froids que tout était gâché, que l'atmosphère s'était alourdie.

— Vous n'avez pas pensé à me prévenir ? Vous ne vous êtes pas dit que j'aimerais vous accompagner ?

— Quelqu'un a annulé son rendez-vous à la dernière minute, expliqua-t-elle, et on m'a appelée pour me dire que je pouvais venir. Je n'ai pas eu le temps de vous contacter. Si je laissais passer ce rendez-vous, il fallait que j'attende un mois. Il y en aura d'autres, Ash. Ce n'était que le premier.

Il ôta les mains de ses épaules.

— Justement, le premier, dit-il amer. Je me serais arrangé pour m'y rendre.

Depuis toujours, Karen avait tout fait par elle-même sans en référer à qui que ce soit. Aussi, ne s'était-elle pas attendue qu'un rendez-vous chez le médecin prenne une telle importance aux yeux de son époux.

— Ce n'était qu'un examen préalable, dit-elle. Rassurez-vous. Tout va bien. Venez avec moi la prochaine fois. Ils feront peut-être une échographie et nous aurons la première photo du bébé.

Sans un mot, Ash quitta la pièce pour le salon adjacent à la cuisine. Karen le suivit, furieuse qu'il se dérobe une nouvelle fois, bien décidée à ne pas le laisser s'en sortir à si bon compte.

— Où allez-vous ?

— Prendre l'air, dit-il.

Il enfila le couloir et entra dans la chambre. Là, il ouvrit une porte-fenêtre, passa sous le porche et s'accouda à la balustrade. Karen le rejoignit, nota combien il était crispé. On aurait dit qu'il allait démolir à mains nues la balustrade.

— Ainsi, c'est comme cela que ça se passe ? dit-elle. Je vous demande de me faire l'amour, exactement comme vous le souhaitiez, ce qui devrait satisfaire votre orgueil et vous vous attachez au premier détail qui vous permet de vous dérober.

— Disons que je ne suis pas d'humeur.

Elle eut un rire ironique.

— Ce n'est pas ce que vous m'avez fait comprendre, il n'y a pas si longtemps, dans la cuisine.

Il restait de profil, tourné vers la mer et le port. Rien qu'à la façon dont il serrait les dents, on voyait qu'il était en proie à la colère.

Il admit :

— Je ne nie pas que je vous désire mais je suis très déçu et extrêmement contrarié que vous ne m'ayez pas averti de votre rendez-vous. Que vous m'ayez exclu !

— Je suis désolée, Ash, dit-elle sincèrement. Je suis inexcusable.

Il lui jeta un bref coup d'œil puis plongea de nouveau dans sa contemplation de la mer et des bateaux qui rentraient au port dans la lumière du soleil couchant.

— Je vous demande de me promettre que, à l'avenir, je prendrai part à toutes les décisions concernant notre enfant, exigea Ash.

Karen aurait volontiers argumenté, lui aurait démontré que c'était peu réaliste… Mais elle ne voulait pas passer la soirée à se disputer avec lui. Elle n'avait qu'une idée en tête : qu'il la prenne dans ses bras, la fasse se consumer de passion.

— Promis, dit-elle. Cela ne se reproduira pas.

— Bien.

Sans la moindre honte, elle ravala sa fierté et demanda :

— Puisque nous sommes d'accord, pensez-vous possible de reprendre les choses là où nous les avons laissées ?

Il s'éloigna et le sang de Karen ne fit qu'un tour quand elle crut qu'il allait rentrer dans la chambre et la laisser. Heureusement, au lieu de cela, il l'entoura de ses bras, la plaqua contre lui et dit :

— Quelle vue extraordinaire ! Vous ne trouvez pas ?

A dire vrai, Karen n'avait que faire de la vue. Tout ce qu'elle voulait, c'était qu'Ash lui fasse l'amour. Qu'il l'enlace était un début mais elle attendait plus et mieux que cette douce sécurité. Toutefois elle ne se risqua pas à renouveler sa demande de peur d'être rejetée.

— Superbe, dit-elle en se blotissant dans les bras d'Ash. Celui qui a conçu la maison a choisi la meilleure orientation.

— On m'a dit que le premier propriétaire était un capitaine au long cours, expliqua Ash. Il était absent des mois entiers, et sa femme restait seule dans cette maison. J'aime à croire qu'elle venait s'installer sur cette terrasse, guettant l'arrivée du bateau et le retour de son époux.

— Très touchant, dit Karen.

A supposer qu'ils se soient aimés ! Elle se plut à imaginer qu'une belle histoire d'amour s'était déroulée là où Ash et elle se tenaient en ce moment, eux dont l'histoire jusqu'à ce jour n'était qu'un énorme point d'interrogation.

Elle sentit la main de son époux se glisser dans l'échancrure de son déshabillé.

— J'imagine assez bien leurs retrouvailles, dit-il, après une aussi longue séparation.

Karen, elle, n'imaginait que la main d'Ash sur son sein... Toutefois, elle ne manifesta rien de son impatience, le laissant progresser à son gré.

— Je suis sûre qu'ils étaient très passionnés, dit-elle. Surtout s'ils étaient fidèles l'un à l'autre pendant leur séparation.

— Je ne crois pas qu'il ait eu envie d'une autre femme, déclara Ash d'un ton convaincu. Ni elle d'un amant.

Sa main descendait lentement, remontait, se posait sur la gorge de Karen, juste au-dessus du sein.

— Qu'est-ce qui vous incite à penser cela ? demanda-t-elle. Etait-il un amant exceptionnel ?

Enfin... Enfin Ash prit un sein dans sa main tandis que le cœur de Karen battait à se rompre. Délicatement, il en taquina la pointe.

— Rien d'exceptionnel dans le fait de satisfaire les besoins d'une épouse, dit-il d'un ton pénétré qui fit frissonner Karen.

— Vous croyez qu'ils faisaient l'amour dans notre chambre ? demanda-t-elle.

Du bout de la langue, il lécha le lobe de l'oreille.

— Il se peut qu'ils n'aient pas réussi à aller si loin et soient restés sous ce porche. Il repousse les jupes de sa femme, déboucle son pantalon et ils sont l'un à l'autre sans plus attendre.

Karen sentit qu'il dénouait la ceinture de son déshabillé.

— Je peux comprendre sa hâte, dit-il.

Elle aussi ! Et elle aurait bien voulu qu'Ash fasse comme le capitaine… Mais il temporisait, l'embrassait dans le cou, ouvrant lentement le déshabillé. La brise joua sur sa peau sans pour autant apaiser le feu qui la dévorait.

— Quelqu'un aurait pu les voir, fit-il remarquer.

— C'est peut-être ce qui leur plaisait, dit-elle d'une voix que le désir assourdissait.

Il posa une main sur son ventre sans cesser, de l'autre, de lui caresser les seins.

— Le mur n'offre guère de protection, en effet, si on reste debout, convint-il. Un marin depuis son bateau les aurait sans aucun doute vus.

Du doigt, Ash traçait des cercles autour de son nombril, massait son ventre, s'aventurait…

— Quelqu'un nous regarde peut-être en ce moment même, ajouta-t-il.

Elle pressa ses fesses contre lui pour l'encourager à continuer et proposa :

— Vous voulez que nous rentrions ?

— Seulement si vous le souhaitez.

Ce qu'elle souhaitait, c'était qu'il l'aime, qu'il renouvelle les caresses qu'il lui avait fait découvrir et qu'elle voulait connaître de nouveau.

— Non. Aucune raison, reprit-elle alors. Tant pis pour les marins…

La main d'Ash descendit et se logea dans les boucles de sa toison.

— Tant mieux, voulez-vous dire…

Karen retint son souffle car il descendait encore, effleurant son intimité, légèrement, sans s'y attarder. Puis il se mit à la caresser là où elle l'attendait, par petites pressions habiles qui donnèrent à Karen l'impression de n'être plus que sensations dévorantes. Elle haletait.

— Ils vont se délecter de votre expression, murmura Ash…

Un gémissement échappa à Karen tandis que son époux continuait de lui parler d'une voix envoûtante.

— … Et sachant quel plaisir je vous donne, ils vont brûler d'être à ma place.

Les caresses précises, la voix de velours emportaient Karen, Ash accentua sa caresse.

— Savez-vous ce que les marins voient sur votre visage ? demanda-t-il. Que vous allez jouir. Vous en êtes tout près.

Elle ferma les yeux, s'accrochant à ce moment exceptionnel, se retenant avant de basculer dans l'extase. La voix d'Ash balaya ses dernières résistances.

— Ils sauront quand vous y serez, ils voient que je vous y mène…

Et en effet… Soudain, vague après vague, Karen fut submergée par un orgasme d'une intensité exceptionnelle qui la secoua tout entière.

Elle trembla de la tête aux pieds, ses jambes ne la soutenaient plus. Ash la tint fermement contre lui pendant qu'elle luttait pour reprendre haleine. Puis il se baissa et lui prit la bouche, jouant de sa langue, lui rappelant que ce n'était pas fini, qu'il y avait mieux encore.

Alors, elle voulut se retourner face à lui mais, d'une main ferme, il la maintint en place.

— Non.

122

Il recula d'un pas et, par-dessus son épaule, elle le vit enlever T-shirt et pantalon, révéler toute sa virilité. Elle sut qu'il ferait d'elle ce qu'il voudrait, qu'elle était entièrement à sa merci.

Il revint vers elle, lui ouvrit les jambes.

— Offrez-vous à moi, dit-il.

Elle obéit sans bien savoir ce qu'il allait faire ni comment cela allait se passer. Il la débarrassa de son vêtement qu'il roula en boule et mit devant elle, sur le mur.

— Croisez les bras sur le bord du mur, ordonna-t-il.

De nouveau, elle fit ce qu'il lui demandait mais elle lui lança un regard hésitant et osa :

— Ash, vous êtes sûr… ?

— Il n'y a pas qu'une façon de faire l'amour.

Elle sentit son sexe contre elle.

— Faites-moi confiance, ajouta-t-il.

Elle savait déjà qu'elle pouvait lui faire confiance, qu'il savait la combler, qu'il serait très bon d'être à sa merci.

Il se glissa en elle puis ajusta ses hanches, la faisant reculer par rapport au mur de sorte que sa tête repose sur ses bras croisés. Puis il l'emplit toute. D'une main, il lui entourait la taille ; de l'autre, il caressait savamment son intimité. Éperdue, Karen avait à peine conscience du bruit des vagues contre les rochers, de la voix d'Ash à ses oreilles. Il commença d'aller et venir en elle, lentement, profondément, puis plus vite. Elle répondit, trouva le rythme et, ensemble, soudés l'un à l'autre, ils se mirent à chevaucher sauvagement…

Soudain, elle entendit Ash l'appeler, puis le sentit qui donnait un assaut plus violent que les autres. L'instant d'après, elle était traversée d'un spasme exquis, annonçant l'explosion d'un orgasme étourdissant.

Ash se retira, s'appuya contre le mur et prit Karen dans ses bras. Elle fut alors toute au plaisir du contact de leurs peaux, des battements de leurs cœurs si proches, des mains de son mari.

Elle s'abandonnait dans ses bras de tout son poids sans qu'il proteste malgré l'inconfort du mur contre son dos. Comme s'il ne se souciait que de lui procurer du bien-être.

La soirée s'avançait et le ciel avait maintenant des teintes de gris et de rose. Des étoiles brillaient au-dessus de leurs têtes et le port était éclairé. L'atmosphère s'était considérablement rafraîchie mais Karen n'en avait cure, elle était trop bien.

Elle sentit Ash se crisper et s'inquiéta quand elle le vit s'assombrir.

— Qu'y a-t-il ?

Il lui passa la main dans les cheveux et dit d'une voix troublée :

— Je m'en veux d'avoir été trop brutal. Ce n'est pas la chose à faire, dans votre état.

Elle lui embrassa le menton et sourit.

— Rassurez-vous, dit-elle. Je n'ai pas souffert, au contraire !

— J'aurais dû faire attention, insista-t-il. A l'avenir, je m'en souviendrai.

— Ash, dit-elle. Notre bébé est minuscule. Quand j'aurai pris de l'ampleur, que je serai énorme, on en reparlera. A ce moment-là, c'est moi qui devrai faire attention à ne pas vous écraser !

Il sourit à son tour.

— Dois-je comprendre que nous partagerons d'autres moments comme celui-là ?

Comment refuser ? Comment renoncer à ce qu'il lui offrait ? Karen décida de ne pas repousser ce cadeau, cet épanouissement physique exceptionnel. Il suffirait qu'elle garde le contrôle de ses sentiments, un point c'est tout. « Plus facile à dire qu'à faire », reconnut-elle.

— Si vous êtes très, très gentil avec moi, le taquina-t-elle, oui, nous pourrons recommencer ; et je promets... de ne pas employer d'homme de ménage ou de marin sur son bateau.

Il lui embrassa légèrement les lèvres.

— De mon côté, je promets de faire de mon mieux, dit-il, pour que vous n'ayez pas à recourir à un autre homme. Maintenant, rejoignez votre lit.

Karen sourit.

— Pas d'objection à poursuivre la soirée au lit, dit-elle.

— Vous devez vous reposer.

— Je n'ai pas envie de dormir. Avec cette chaleur et l'ardeur de nos étreintes, j'ai surtout besoin d'un bain.

— Auriez-vous à vous plaindre de nos étreintes ? demanda-t-il, faussement indigné.

— Pas exactement, dit-elle sur le même mode, mais je me sens un peu collante.

Il prit ses fesses dans ses mains et la plaqua contre lui.

— Je ne trouve pas, dit-il. Cependant, un bain vous fera du bien. Je vais le faire couler.

Il lui embrassa le front, se détacha d'elle et disparut dans la chambre. Parfaitement nu et parfaitement à l'aise, il se mouvait avec une grâce naturelle que Karen ne put s'empêcher d'admirer. Elle était de nature plus réservée et, passée la frénésie de leur relation, elle réalisait soudain qu'elle était entièrement nue sur la terrasse de la maison, au crépuscule, au vu et su de qui voulait bien regarder de ce côté. Vite, elle attrapa son peignoir, l'enfila et se baissa pour ramasser les vêtements d'Ash.

— Vous rentrez, ou vous provoquez l'envie de tous les marins qui passent ? demanda Ash en riant.

Il était toujours aussi nu, debout au seuil de la porte-fenêtre, les bras croisés, plus beau que les modèles de ces magazines coquins qu'elle avait parfois feuilletés. Une bouffée de désir la submergea malgré le talent qu'avait mis son mari à la combler. Etait-il en train de la rendre folle de lui ?

Elle le rejoignit dans la chambre.

— Vous prenez un bain avec moi ? demanda-t-elle.

Il rit de nouveau.

— Où est passée mon épouse timide ? se moqua-t-il.

Disparue. Envolée depuis le premier jour, le premier regard, le premier baiser.

— Elle n'a peut-être pas fini de profiter de son mari, dit-elle.

Il se passa la main sur le menton et remarqua :

— Cela promet d'être intéressant.

— Je l'espère bien.

Elle prit la main qu'il lui tendait et le suivit dans la salle de bains. Il ouvrit les robinets, la débarrassa de son peignoir et l'embrassa avant de l'aider à monter les deux marches de la baignoire. Puis il ferma les robinets et elle entra dans l'eau. Déçue, elle vit qu'il restait sur la première marche.

— Je vais m'occuper de vous, dit-il.

Il commença par lui laver les cheveux, lui massant le cuir chevelu savamment et prenant garde de ne pas lui mettre de shampooing dans les yeux. Après quoi, il versa du gel douche dans sa main et la savonna de la tête aux pieds, sans se presser. Il s'attarda sur ses seins, plongea la main dans l'eau pour trouver son intimité et la toucher de nouveau.

— Ash, j'ai déjà... joui... deux fois.

— Une fois encore, assura-t-il.

— Je ne suis pas certaine de pouvoir.

Elle craignait surtout de ne pas être en mesure de supporter un autre orgasme.

— Ne vous sous-estimez pas, dit-il. Ne me sous-estimez pas non plus.

Que répondre à ce genre d'arguments ?

Ce fut la dernière pensée cohérente de Karen. Ash la caressa délicatement, habilement, se retirant, revenant, provoquant une nouvelle extase qui laissa Karen haletante et exténuée.

Etait-il vraiment possible de jouir autant ? Ou bien son corps se rattrapait-il de la chasteté des mois précédents ? A moins qu'Ash ne fût particulièrement doué ?

— Ne vous avais-je pas dit de me faire confiance ? dit-il d'un ton triomphant et sans complexe.

Il avait l'air si heureux qu'elle eut envie de lui apprendre la modestie.

— Et qui vous dit que je ne faisais pas semblant ? lança-t-elle.

— Mon instinct. Et mon expérience amoureuse.

— Plus d'un homme s'y laisse prendre, rétorqua-t-elle.

— Honte à ces hommes-là ! Un homme doit savoir s'il a donné du plaisir à une femme.

Il se pencha et, de la langue, traça de petits cercles autour d'un sein de Karen, puis de l'autre. Karen se débattit pour rester lucide.

— Certaines femmes sont peut-être plus douées que d'autres pour jouer la comédie.

Il releva la tête, fronça les sourcils.

— Je ne me trompe jamais.

Ce qu'il ne savait pas, en revanche, c'est qu'elle *prétendait* ne pas avoir de sentiments pour lui. Mais qu'elle relâche son attention, et son époux si perspicace aurait tôt fait de lire dans son cœur.

— Combien de femmes avez-vous connues ? demanda-t-elle.

Il ne répondit pas tout de suite, lui ouvrit les jambes et la caressa encore. Contre toute attente, une onde chaude la parcourut de nouveau. Son désir pour cet homme était-il donc inépuisable ?

— Ce qui a pu se produire dans mon passé, dans votre passé, n'a aucune importance, dit-il. Ce qui compte, c'est le moment présent et ce qui se passe entre vous et moi.

Ce fut le moment que choisit Karen pour le mettre en demeure de la rejoindre dans la baignoire.

— Ou vous plongez ou je sors et je vous aime sur le carrelage. A vous de décider.

Il regarda les dalles et dit avec une moue significative :

— Vous ne me laissez pas le choix. Le carrelage, aussi beau soit-il, serait trop inconfortable.

Ash entra donc dans la baignoire et s'installa face à Karen. Puis il passa les jambes sous celles de la jeune femme et la pénétra tout en lui donnant un baiser. Karen l'accueillit avec bonheur et s'abandonna au pouvoir absolu de ce grand corps en si parfait accord avec le sien...

Karen entendit Ash murmurer son nom, sentit la force de son explosion en elle et son souffle haletant sur ses seins. Puis, il se retira et s'abandonna au confort de l'eau tiède.

Tremblante et vidée de toute énergie, la jeune femme se demanda comment il se faisait qu'elle se sentît si bien. Le plaisir faisait-il craquer ses défenses à tel point qu'elle ne trouvait plus aussi inquiétant de laisser parler son cœur ?

Elle se reprocha aussitôt cette faiblesse. Ash, cet homme si sûr de lui, si maître de ses gestes, ne chercherait-il pas à exercer ce même contrôle sur elle, sur sa vie ?

Elle s'était battue pour se libérer de l'emprise de Carl qui considérait les femmes comme un mal nécessaire à la santé et à l'hygiène des mâles. Contrairement à lui, Ash possédait une vraie sensibilité, une réelle tendresse sous son apparente de froideur. A plusieurs reprises, elle avait deviné sa nature, en dépit de ses airs dominateurs... Néanmoins, ne voudrait-il pas la diriger ? Pouvait-elle lui faire confiance pour la respecter en tant que femme libre ?

Parvenue à ce stade de ses réflexions, elle remit à plus tard les réponses à ses questions. Pour le moment, elle se contenterait de profiter à plein des instants de bonheur qu'elle vivait dans les bras de son mari.

Elle s'étira et dit :

— C'était exactement ce dont j'avais besoin.

— Vous oubliez les olives, rétorqua Ash en riant. Je vous en achèterai autant que vous voudrez, des caisses entières, s'il le faut. Quels que soient vos désirs, je me ferai une joie de les satisfaire. Il vous suffira de demander.

Aurait-elle l'audace, un jour, plus tard, de lui demander son amour ? pensa-t-elle.

Aurait-elle tort de se mettre à l'aimer ? Serait-ce une bêtise ?

Bêtise ou pas, estima-t-elle, parfaitement lucide, elle ne se donnait pas longtemps pour tomber dans le piège. L'amour montait en elle, elle le sentait.

8.

— Etes-vous bien la fille de Luke Barone ?

Karen allait entrer au *Baronessa*. Elle sursauta, pivota sur elle-même et se trouva face à face avec une petite femme mince, âgée, aux cheveux blancs, qui la dévisageait froidement du regard de ses yeux noirs, profondément enfoncés dans leurs orbites. Une limousine bleu foncé était garée le long du trottoir et le chauffeur attendait, appuyé au capot. Sans cela, Karen aurait cru avoir affaire à une clocharde.

— Oui, dit-elle. Luke Barone était mon père. Je suis Karen Saalem. Et vous-même, qui êtes-vous ?

La femme fit un pas vers elle.

— Peu importe qui je suis. Une seule chose compte. En tant que membre de la famille Barone, sachez que vous êtes maudite comme les autres.

Un instant, Karen se crut au cœur d'un mauvais film. Cette femme lui prédisait un destin funeste.

— Excusez-moi, dit Karen. Je ne crois pas à ce genre de choses. C'est pourquoi vous me permettrez de tenter ma chance.

— Vous feriez mieux d'y croire, dit la vieille femme. Vous êtes comme les autres, condamnée.

Karen en avait entendu assez et coupa court au mélodrame. Elle eut un vague sourire, dit : « Bonne journée ! » et entra dans le salon de thé.

Daniel était assis au comptoir, un café à la main. Il sourit et s'écria :

— Tiens ! La femme du prince.

Karen posa son sac.

— Non, aujourd'hui, je suis Barone à cent pour cent, frappée par la malédiction.

Daniel fronça les sourcils et demanda :

— Tu peux m'expliquer ?

Elle indiqua la vitrine d'où l'on voyait la femme encore postée sur le trottoir.

— Une femme bizarre m'a interpellée pour me prévenir que je subirais la malédiction qui pèse sur les Barone.

Daniel alla à la fenêtre et s'étonna :

— Qu'est-ce qu'elle fabrique ici ?

— Aucune idée, dit Karen. Je ne sais même pas qui c'est.

Daniel se rassit, but une gorgée de son café et dit :

— C'est Lucia Conti, et il ne fait pas bon s'y frotter.

Karen ouvrit de grands yeux et s'appuya au comptoir :

— Lucia Conti ! Celle qui hait tous les Barone sans exception ? Maria m'en a parlé mais je la croyais morte.

— Oh, non, soupira Daniel. Et elle continue d'attiser les haines et de maudire la famille. Cela dure depuis des années, depuis un bon demi-siècle, si je ne me trompe. La malédiction de la Saint-Valentin, dit-on. Or, coïncidence ou pas, des choses étranges se sont produites les mois de février, y compris l'enlèvement de ton père.

Pour Karen, il ne pouvait s'agir que de coïncidence ; elle refusait d'attribuer la moindre crédibilité à la prétendue malédiction.

— En tout cas, je fais réellement partie de la famille, à l'en croire.

En dépit de son ton léger, les paroles de la vieille femme l'avaient frappée. Etait-elle vraiment « condamnée » ? C'està-dire, dans son cas, destinée à aimer un homme sans espoir de retour ? Pas un mot d'amour n'avait été échangé entre Ash et elle, se souvint-elle, même pas hier soir. Mais, se consolat-elle, seuls les faibles d'esprit croient aux malédictions. D'autre part, il fallait être débile pour s'amouracher de quelqu'un qui ne vous le rendrait pas.

Elle cessa de ruminer ces sombres pensées et se tourna vers Daniel :

— Qu'est-ce que tu fais ici de si bonne heure ? demandat-elle.

— J'ai besoin de te parler.

Karen noua les cordons de son tablier.

— Vas-y. J'écoute.

— Toute la famille se demande où est passée Maria. Comme vous êtes très proches et que tu es la dernière personne à l'avoir vue, je suis venu te demander si tu sais où elle est.

On y était, soupira Karen.

— Elle prend des vacances.

Daniel eut un rire sceptique.

— Sans prévenir ? Un peu bizarre, non ?

Elle ne sut que dire, s'étonna d'entendre Daniel comme dans un brouillard. De voir la pièce se mettre à tourner. De se sentir les jambes en coton, d'avoir froid, chaud, de vaciller… Elle eut vaguement conscience de la présence de Mimi derrière elle…

Quand elle revint à elle, elle était allongée par terre, derrière le comptoir, la tête sur le manteau de quelqu'un en guise d'oreiller. Daniel et Mimi étaient penchés sur elle.

— Appelez les urgences et son mari, dit Daniel.

Karen ouvrit les yeux et recouvra assez de force pour protester.

— Non, non. Je me sens beaucoup mieux. Ce n'est qu'un petit malaise. Pas eu le temps de petit déjeuner.

Ils l'aidèrent à s'asseoir et elle bénit le ciel d'avoir mis un pantalon ; sans cela, sa robe lui serait remontée à la taille.

— Tu es sûre que cela va aller ? s'inquiéta Daniel.

Elle se sentait encore un peu vaseuse mais beaucoup mieux que dans les minutes qui avaient précédé son évanouissement.

— Oui, je vais bien, assura-t-elle.

Elle s'adressa à Mimi :

— Tu peux m'aider à me rendre aux toilettes ? J'aimerais m'asperger le visage d'eau froide.

— Si tu es sûre de pouvoir marcher…, dit Mimi.

— Essayons.

Ils l'aidèrent à se lever. Elle s'appuya au comptoir, attendant que ses jambes acceptent de la porter. Elle fit un pas, puis deux, et constata qu'elle tenait debout.

— Je ferais mieux d'appeler un médecin, dit Daniel.

— Je l'appellerai plus tard, dit Karen. Tout ira bien quand j'aurai avalé quelque chose.

Ils se dirigèrent vers les toilettes, Mimi lui tenant le bras et Daniel les suivant, au cas où elle aurait besoin de son aide. Arrivés à la porte, il dit :

— Je serai là si nécessaire.

— Tout ira bien, répéta Karen, espérant qu'elle ne s'évanouirait pas car Mimi, vu sa taille, ne lui serait pas d'un grand secours.

Elle ouvrit le robinet et se passa de l'eau sur le visage.

— Heureusement que j'étais là pour te rattraper, dit Mimi.

— Quoi ? Toi ? Tu m'as rattrapée ?

— Oui. Avant que tu ne tombes. C'est pour quand ?

Un peu de rose monta aux joues de Karen.

— Comment as-tu deviné ?

Mimi lui tapota le dos.

— D'abord, ton évanouissement. Et tu es radieuse depuis quelque temps.

133

Karen regarda l'image que lui renvoyait le miroir, celle d'une femme blême, les cheveux ébouriffés et ne se trouva pas radieuse.

— C'est pour fin mai.

Mimi sourit.

— Félicitations !

Elle soupira.

— J'aurais tout donné pour avoir un enfant de Johnny. Mais, non… Enfin, nous nous aimions.

Elle se rembrunit et dit :

— Toi, ma petite dame, tu vas me faire le plaisir de te reposer. Tu en fais beaucoup trop.

— J'ai promis à Maria…

Mimi l'interrompit.

— Maria ne se le pardonnerait pas s'il vous arrivait quelque chose, à toi ou à ton bébé.

— Je ferai moins d'heures, dit-elle.

— On verra ce qu'en dira ton mari quand il sera au courant de ton malaise, dit Mimi.

Karen n'avait pas l'intention de lui en parler, certaine de sa réaction. Bon prétexte pour lui demander d'arrêter de travailler. Ce qu'elle se refusait à envisager sauf si le médecin le lui ordonnait. A partir de maintenant, elle s'arrangerait pour rester assise autant que possible et se permettrait des pauses entre les coups de feu.

— J'aimerais que tu ne lui en parles pas, plaida-t-elle.

Mimi claqua de la langue en signe de désapprobation.

— Si tu commences à faire des cachotteries à ton mari ! dit-elle. Ce n'est pas la meilleure manière de démarrer ta vie conjugale.

Elle avait raison. Et des cachotteries, il y en avait d'autres, bien plus importantes. Ash ne savait pas encore que ses sentiments pour lui avaient évolué. Vraiment évolué. Qu'en dépit de ses réticences, elle ressentait plus que de l'affection à son égard. Bien plus.

— J'y réfléchirai, dit-elle. Retournons dans la salle. Véronica doit être dans tous ses états, seule à servir les clients du petit déjeuner.

— Elle était déjà passablement énervée quand elle est arrivée, dit Mimi. Alors !

Elle qui n'était pas démonstrative, serra Karen dans ses bras.

— Tu prends soin de toi, dit-elle. A la moindre alerte, j'appelle ton mari.

Nul doute qu'elle ne tînt parole, estima Karen.

— D'accord. Je téléphone à mon médecin. Cela nous tranquillisera.

Daniel et Mimi patientèrent pendant qu'elle téléphonait. Ce fut une infirmière qui lui répondit et la rassura, disant que de tels malaises se produisaient couramment, qu'il n'y avait pas à s'inquiéter mais que le médecin la rappellerait dès son retour.

Elle rejoignit les deux autres et leur fit part de sa conversation. Sur les injonctions de Mimi, elle s'installa au comptoir avec un verre de lait et une pâtisserie. Daniel s'assit à côté d'elle, l'air anxieux, et elle s'employa à le rassurer.

— Je ne vais pas tomber du tabouret. Ne t'inquiète pas pour moi.

— Tu as une mine de papier mâché, dit-il.

— Merci. Cela fait plaisir à entendre.

— C'est ton mari qui t'épuise ?

Elle revit leurs ébats de la veille et admit en elle-même que, oui, il l'épuisait. Il faisait tomber une à une les barrières qu'elle avait dressées autour d'elle. Chaque baiser, chaque caresse la laissait plus vulnérable, plus dépendante de lui.

— Non, tout va bien, dit-elle. J'aimerais mieux que tu ne mentionnes pas mon malaise, c'est tout.

135

— Mais il a le droit de savoir. C'est ton mari.

Eh oui ! Il était son mari devant la loi. Mais il faisait plutôt figure de caïd, d'homme habitué à tout maîtriser, à tout contrôler. S'il savait qu'elle avait eu un malaise, il prendrait les choses en main, elle se révolterait, et cela déclencherait un conflit ! Dommage, au moment où cela se passait bien entre eux. L'équilibre était encore trop fragile pour supporter le moindre accroc. C'est pourquoi il fallait gagner Daniel à sa cause, le convaincre de ne rien dire.

— Si tu veux tout savoir, Daniel, risqua-t-elle, je suis enceinte, ce qui explique mon malaise. Rien d'anormal. J'ai promis à Mimi de faire attention.

Il se passa la main dans les cheveux et fit une grimace comique.

— Si je m'attendais à cela ! Félicitations. Ash n'a pas perdu de temps ! Il est rapide dans tout ce qu'il entreprend.

Sauf quand il fait l'amour, corrigea Karen pour elle toute seule. Là, il prend son temps. Elle revit leur soirée sur la terrasse et dans le bain, la façon dont il avait exploré son corps, dont il avait… Elle s'arrêta de peur de s'évanouir de nouveau.

Elle mit beaucoup d'application à partager son gâteau en bouchées, évitant le regard de son cousin.

— Comment va Phoebe ? demanda-t-elle.

— Très en forme, dit Daniel. C'est elle qui m'envoie, en fait. Elle aimerait vous avoir à dîner avant que nous repartions.

— Mais… Vous venez de rentrer de voyage, non ? s'étonna Karen.

— Exact, seulement nous n'en avons pas fini avec le monde. Phoebe aime l'aventure et elle a trouvé son homme. Jour et nuit, affirma-t-il sans complexe.

Pas étonnant qu'Ash et lui soient les meilleurs amis au monde, constata Karen. Ils formaient une paire de joyeux brigands avides des plaisirs de la vie !

Elle eut bientôt terminé son petit déjeuner et se leva.

— Désolée de te quitter, dit-elle. Il faut que j'aille travailler.

— D'accord, dit Daniel, se levant également. Mais tu n'en fais pas trop. Promis ?

— Promis.

— Et parle à Ash de ce qui t'est arrivé. Sinon, c'est moi qui le lui dirai.

Karen ouvrit la bouche sous l'effet de la surprise.

— Tu ne ferais pas cela ?

Il décrocha son manteau de la patère, l'enfila et répondit :

— Oh si. Tu es de la famille Barone, ma chère, et je ne tiens pas à ce qu'il t'arrive des ennuis par excès d'orgueil. Ash a le droit et… les moyens d'avoir une femme et un enfant en bonne santé.

Daniel n'avait pas tort. Même si Karen redoutait la réaction d'Ash, elle lui devait la vérité.

— Entendu, promit-elle, je lui dirai ce qui s'est passé.

— Bravo, dit-il en riant.

Il l'embrassa affectueusement et sortit.

Elle réfléchit à sa promesse, résolut d'enrober un peu les faits mais de parler à Ash le soir même.

Ash attendait le retour de Karen, arpentant nerveusement le petit salon, un verre de whisky à la main, s'efforçant de rester calme. Etant donné ce qu'il avait appris, ce n'était pas chose facile et, s'il s'était écouté, il aurait bu toute la bouteille de scotch.

En premier lieu, Daniel l'avait appelé pour les inviter à dîner, Karen et lui, « si Karen était complètement remise ». Aux questions d'Ash, il s'était contenté de lui conseiller d'interroger sa femme. Ash avait alors appelé le *Baronessa* et Mimi ne s'était pas fait prier pour lui révéler que Karen s'était évanouie. Elle lui avait assuré qu'elle gardait un œil sur Karen et que le malaise ne s'était pas répété au cours de la journée. Mais cela n'avait pas suffi à calmer l'inquiétude d'Ash et sa colère. Pourquoi personne ne l'avait-il averti ? S'il n'avait su que sa femme était sur le chemin du retour, il lui aurait ordonné d'attendre et serait allé la chercher !

Il se sentait coupable, s'imaginant en partie responsable de ce qui s'était passé. La veille, il s'était laissé emporté par le désir qu'il avait d'elle et, aujourd'hui, elle payait son manque de considération pour son état. Dorénavant, il en irait autrement : il ferait attention et la traiterait avec toute la douceur qu'elle méritait, même si cela impliquait de ne plus la toucher jusqu'à ce qu'il soit rassuré.

Résolution difficile s'il en était. Que Karen lui demande de lui faire l'amour avait été une telle joie ! La tenir dans ses bras, comme il en avait eu la folle envie depuis le premier jour, l'avait comblé ! Depuis lors, chaque instant passé en sa présence était le plus précieux des cadeaux et il n'imaginait pas se priver de l'embrasser, de la caresser…

Il repoussa la gêne qu'il ressentait à l'idée qu'elle avait perçu sa faiblesse. Elle représentait son idéal de femme, tout ce qu'il aimait et désirait, tout ce qu'il redoutait aussi car il savait que son cœur n'y résisterait pas, qu'il céderait aux sentiments qui commençaient à se faire jour en lui.

Quand il entendit la porte s'ouvrir, il se força à s'asseoir, à ne pas se précipiter à sa rencontre pour la prendre dans ses bras, à tenir sa résolution d'être prudent.

Dès qu'elle entra, il nota sa pâleur et quand elle dit : « Bonsoir », il lui parut que sa voix était plus fragile, comme son sourire, d'ailleurs.

Il décida de lui donner la chance de s'expliquer et demanda :

— Comment s'est passée la journée ?

Elle posa son sac sur la table basse et se laissa tomber sur le canapé.

— Infernale.

— Rien de spécial ?

Elle replia les jambes sous elle et, rejetant la tête en arrière fit en sorte de dénouer les muscles de son cou.

— Non. La routine.

Ash but une longue gorgée de son whisky, puis posa ses coudes sur ses genoux, le verre entre ses mains. Il le serrait avec une telle force qu'il aurait pu se briser.

— Vous évanouir fait partie de la routine ? interrogea-t-il.

Karen se redressa. Donc, il savait…

— Daniel vous a dit ?

— Non. Pas exactement. Encore qu'il se soit inquiété pour vous. Après nous avoir félicités. Mimi, heureusement, a été plus explicite.

Karen balaya l'incident d'un geste de la main et affirma :

— Ce n'était vraiment rien. Un vertige.

Il ne relâcha pas la pression sur le verre, tentant de se maîtriser.

— J'estime que c'est à prendre en considération, dit-il. Vous travaillez beaucoup trop : entre les heures sans fin au *Baronessa* et la responsabilité des travaux, vous ne dormez pas assez et cela est préjudiciable à votre santé et à celle de l'enfant.

— Mais je dors suffisamment, protesta-t-elle, sauf… La nuit dernière est une exception.

Pour Ash, cela évoqua des souvenirs précis et raviva son sentiment de culpabilité.

— Je me rends compte que ma conduite, hier soir, était déplacée, étant donné votre état, et a pu contribuer à causer votre malaise.

Elle soupira, énervée.

— Nous n'avons rien fait d'extraordinaire ! Pas de gymnastique acrobatique, que je sache.

— Nous n'avons pas fait attention. *Je* n'ai pas fait attention.

— Mais si !

— Pas sur la terrasse.

— Je vous ai dit que je n'étais pas en sucre, s'énerva-t-elle. De plus, j'ai promis à Mimi de ne pas rester debout trop longtemps. Je m'occuperai plus de la comptabilité et je servirai moins les clients.

— *Je* lui ai dit que vous prendriez peut-être un congé, dit Ash.

Elle bondit du canapé et vint se planter devant lui, le rose aux joues, vibrante d'indignation.

— Vous n'aviez pas le droit de décider pour moi.

— Que puis-je faire d'autre ? demanda-t-il. Si vous ne voulez pas prendre soin de vous, c'est à moi qu'il incombe de m'en charger.

Elle serra les poings.

— Je n'ai pas besoin d'un garde-chiourme.

Il posa son verre sur la table et la regarda dans les yeux.

— Croyez-vous que votre emploi du temps de ces derniers jours est ce qui convient le mieux à notre enfant ?

Elle respira à fond, recouvra un peu de calme et affirma avec force :

— Vous savez très bien que je ne ferai rien, absolument rien, qui soit mauvais pour cet enfant. C'est toute ma vie.

— Alors, à vous de choisir ce qui est le mieux pour lui et pour vous, dit Ash calmement.

Rester serein, envers et contre tout, s'encouragea-t-il. Cela ne pouvait que l'aider dans sa démarche.

— Les travaux, ajoutés aux préparatifs qui précéderont la naissance, cela fait déjà beaucoup, assez pour remplir vos jour-

140

nées. Ne serait-il pas tout indiqué que vous vous consacriez à ces tâches pour les mener à bien en toute tranquillité ?

— Maria est absente et…

— Et Mimi, parfaitement compétente, enchaîna-t-il. Elle affirme qu'elle se sent apte à gérer le *Baronessa*. Il suffirait que vous appeliez régulièrement et qu'elle sache comment faire appel à vous en cas de besoin. Je suis sûr que Maria n'y verrait aucune objection.

Karen baissa les yeux et se passa la main sur le front. Elle essayait de comprendre la sollicitude d'Ash, de prendre une décision raisonnable, sans se laisser emporter par le ressentiment.

— Je pense que vous avez raison, dit-elle enfin. Au téléphone, mon médecin m'a conseillé de ne pas forcer pendant quelque temps.

Elle leva les yeux et son regard se riva au sien.

— Quand les travaux de la maison seront terminés, dit-elle, c'est moi qui déciderai si je reprends ou non mon travail au *Baronessa*.

— Je respecterai votre décision, dit Ash.

— Qui plus est…

Elle s'arrêta, fronça les sourcils, comme étonnée et balbutia :

— Qu'est-ce que vous venez de dire ?

— Que je respecterai votre décision de reprendre ou non votre job au *Baronessa*, répéta Ash, distinctement. Toutefois, j'espère que nous en discuterons avant que vous ne me mettiez devant le fait accompli.

Karen n'en croyait pas ses oreilles.

— D'accord, opina-t-elle. Je ne suis pas contre le fait de vous demander votre avis ; mais sachez que je suis entêtée comme une mule quand il s'agit de préserver mon indépendance.

— Moi, également.

L'ombre d'un sourire effleura les lèvres de Karen.

— Curieux ! dit-elle. Je ne m'en serais pas doutée.

Adorable ! Pas d'autre mot ! Ash aurait voulu plus que jamais la prendre dans ses bras mais ne se faisait pas confiance pour s'en tenir à une simple démonstration de tendresse. Vu ce qui s'était produit le matin même, mieux valait s'abstenir de démonstrations plus passionnées. Dût-il passer la nuit sur le canapé du salon !

— Daniel et Phoebe nous invitent à dîner au restaurant si vous vous sentez capable de sortir, dit-il.

Elle releva le menton et affirma :

— Je me sens très bien, merci. Je vais prendre un bain rapide avant de me préparer.

Cela le ramena en arrière, à leur bain en commun, leurs corps soudés l'un à l'autre…

— Inutile de vous dépêcher, dit-il. Nous avons une heure devant nous.

— Très bien.

Les images qui affluaient dans sa tête mettaient les bonnes résolutions d'Ash à rude épreuve. Déjà, son corps s'éveillait.

— Avez-vous besoin d'aide ? s'enquit-il avec un rien d'hypocrisie et beaucoup d'espoir. Au cas où vous auriez une nouvelle faiblesse…

— Le vertige de ce matin ne s'est pas reproduit, dit-elle avec un grand sourire, malicieux, cette fois. Si vous venez m'aider, j'ai un peu peur que nous ne soyons pas prêts dans une heure.

Sur ces mots, elle quitta la pièce, laissant Ash en tête à tête avec lui-même.

Le sheikh, quelque peu déçu, rumina de sombres pensées, obligé de constater qu'il n'avait jamais rencontré une femme comme Karen. Sûre d'elle, sensuelle, volontaire, au moins autant que lui et dont la beauté sans égale le mettait à genoux.

Toutefois, il n'était pas encore prêt à s'abandonner à ses sentiments. Il en avait perdu l'habitude au fil des années. Autrefois, il y a très longtemps, il avait laissé parler son cœur pour s'en repentir amèrement par la suite.

Un doute s'immisça en lui : il était peut-être temps d'apprendre à s'ouvrir, à écouter la voix intérieure qui se faisait plus forte de jour en jour. Pour son bien à lui et celui de son épouse. Oui, mais, à supposer qu'il ouvre son cœur, qu'adviendrait-il de lui si Karen reprenait sa liberté après la naissance de leur enfant ? Allons, avec un peu de chance, estima-t-il, cela ne se produirait pas et il n'aurait pas à affronter les affres d'une telle éventualité. Surtout s'il parvenait à convaincre Karen que sa place était à ses côtés.

« Qui ne tente rien, n'a rien, conclut-il. Et si réveiller d'anciennes blessures est le prix à payer... »

Karen était d'humeur à passer une bonne soirée, ce qui n'allait pas être facile car Daniel et Phoebe offraient l'image parfaite des amoureux complices. Il suffisait de voir la manière dont Daniel entourait les épaules de sa femme de son bras, dont il lui caressait les cheveux et dont il prêtait attention à tout ce qu'elle disait... Malgré elle, Karen les enviait et aurait bien voulu être l'objet d'un tel amour. Malheureusement, elle avait peu de chances qu'une telle chose se produise avec son mari.

Le bras d'Ash reposait bien sur le dossier de sa chaise mais sans la toucher. De plus, il ne lui avait adressé la parole que pour s'enquérir de ce qu'elle choisissait comme menu. Au moins, remarqua-t-elle, il s'était abstenu de décider pour elle... Il ne lui avait pas non plus fait de remarque lorsqu'elle avait à peine touché au saumon et que le serveur avait enlevé son assiette encore pleine.

En toute honnêteté, elle comprenait l'inquiétude d'Ash et reconnaissait qu'alléger ses activités ne pouvait qu'être bénéfique, à elle et au bébé. Mais cela n'atténuait pas ses craintes de perdre toute indépendance et de ne plus être libre de ses décisions. Pire encore, elle redoutait que son amour pour cet homme puissant n'aille à l'encontre de ce qu'elle avait voulu faire de sa vie et la réduise en… esclavage.

Elle se prit à regretter ce besoin qu'elle avait de lui, dans son lit et dans sa vie, alors qu'elle n'était pas prête à s'engager totalement. Avait-elle tort d'attendre, de différer l'aveu de ses sentiments ? Le moment venu, s'interrogea-t-elle, ce serait peut-être lui qui la rejetterait, lui faisant savoir qu'elle n'avait rien d'autre à espérer de lui que de la voir assumer son rôle de père. Etait-elle prête à courir ce risque ?

— Vous avez entendu parler de Reese, notre cousin ? demanda Daniel.

Karen s'arracha à ses réflexions et tenta de rassembler ses esprits pour se mêler à la conversation.

— Le frère de Maria ?

— Oui. Un des fils de notre oncle Carlo.

— Je me souviens avoir entendu Maria mentionner son nom, dit-elle. Cela fait plusieurs années qu'il a disparu, non ?

— Nous l'avons rencontré à Harwichport, pendant notre lune de miel, dit Phoebe.

Daniel porta son verre à ses lèvres.

— C'est quelqu'un qui te plairait, Ash. Il a investi la donation qu'il a reçue à sa majorité dans l'achat d'un bateau qu'il loue à des touristes fortunés, avec ses services. Son affaire marche très fort et il a fait fortune. Il parcourt les mers du monde entier avec ses passagers, et j'ai été surpris qu'il soit de retour au pays.

— Avec le nombre de cousins que je découvre, je m'étonne moi-même d'avoir retenu son nom, remarqua Karen.

— C'est vrai que nous sommes une grande famille, dit Daniel. Ce qui fait qu'on ne se sent jamais seul et qu'il y a toujours quelqu'un pour vous aider en cas de coup dur.

Exact, se dit Karen. Maria et Daniel l'avaient entourée depuis son arrivée à Boston. Ce qui n'excluait pas des moments de solitude. Jusqu'à l'arrivée d'Ash dans sa vie.

— Pourquoi Reese est-il parti ? demanda-t-elle.

— Une histoire de femme, répondit Daniel. Une fille de la bonne société l'a accusé de l'avoir mise enceinte et les parents de Reese ont exigé qu'il l'épouse. Il a refusé, protesté, et pris la tangente. Effectivement, l'enfant n'était pas de lui. Mais on n'a plus revu Reese. Je crois qu'il s'est senti trahi par ses parents.

— Je comprends qu'il ait fui la maison familiale, dit Ash, et qu'il ait décidé de vivre sa vie loin de toute pression.

Karen nota la conviction teintée de colère qui perçait dans les mots de son mari, mais avant qu'elle ait pu creuser la question, Daniel intervint.

— Assez parlé de la famille, dit-il. Portons un toast à celui ou celle qui fera bientôt son entrée dans le clan.

Daniel et Phoebe levèrent leurs verres de vin et trinquèrent avec Karen et Ash qui ne buvaient que de l'eau. Ash avait refusé toute boisson alcoolisée par égard à la condition de sa femme. Ce dont elle lui était reconnaissante.

— A la santé de Karen, d'Ash ibn-Saalem et de l'enfant à naître ! lança Daniel.

— Cela m'a fait tout drôle de te savoir enceinte, dit Phoebe.

Ash caressa la joue de Karen avec une tendresse respectueuse qui la surprit.

— Je suis très fier que ma femme me fasse l'honneur de me donner un enfant.

— A une nouvelle vie ! dit Phoebe.

Elle sourit à Daniel et ajouta :

— A l'amour.

Emue, incapable de retenir plus longtemps les larmes qui lui montaient aux yeux, Karen s'excusa et se leva de table.

— Je reviens, dit-elle. Je vais me rafraîchir.

La main d'Ash se posa sur la sienne et il demanda, sur le qui-vive :

— Vous ne vous sentez pas bien ?

— Si, si.

Ce qui était loin d'être la vérité.

Elle s'éloigna aussi vite qu'elle le put, pressée de se soustraire à la vision insupportable de l'amour que partageaient Daniel et Phoebe. Pressée aussi d'échapper aux sentiments qu'elle éprouvait pour le prince de son cœur, celui dont elle était maintenant et pour toujours, non seulement l'épouse mais la prisonnière volontaire.

9.

Dès leur arrivée à la maison, Karen se rendit à la salle de bains afin de se préparer pour la nuit. Pendant le trajet du retour, elle avait plusieurs fois senti Ash sur le point de parler mais cela ne s'était pas produit. Il était resté silencieux, retiré en lui-même. Elle se demanda ce qui, dans la conversation, avait pu provoquer ce changement d'humeur. Elle savait en revanche fort bien ce qui l'avait, elle, troublée. Un sentiment de confusion qui englobait tout ce qu'elle aurait voulu lui demander, tout ce qu'elle aurait souhaité lui dire.

Elle trouva Ash dans la chambre. Il avait passé un bas de pyjama et gardait le visage fermé. Elle ouvrit le lit et il demanda :

— Voulez-vous que j'aille dormir sur le canapé ?

Elle arrêta son geste et interrogea :

— Et pourquoi cela ?

— Je me disais que vous seriez plus à l'aise avec le lit pour vous toute seule.

— Le lit est énorme, dit-elle. C'est à peine si je sais que vous êtes là.

Menteuse ! Elle savait toujours s'il était là ou pas.

— Dans ce cas…, capitula-t-il.

Elle tapota les couvertures de la main et il se glissa à côté d'elle. Elle éteignit la lampe et la chambre ne fut plus éclairée

147

que par le clair de lune filtrant à travers les stores. Comme d'habitude, Ash l'installa le dos contre lui, l'entourant de ses bras. Au bout de quelques minutes, elle rompit le silence.

— Ash, vous dormez ?

— Non.

— Comment expliquez-vous que deux personnes aussi différentes que Daniel et Phoebe soient amoureux l'un de l'autre ? demanda-t-elle.

— Je pense que cela ne s'explique pas, dit-il.

— Vous avez déjà aimé quelqu'un ?

La question avait jailli sans qu'elle l'ait voulu. Elle s'excusa aussitôt.

— Désolée, Ash. Cela ne me regarde pas.

— Une fois, dit-il.

— Oh !

Ce fut tout ce que Karen trouva à dire. Elle ne poussa pas plus loin, satisfaite d'apprendre qu'il était capable d'aimer.

— J'étais très jeune, sans expérience, continua Ash de son plein gré. Elle n'appartenait pas à notre milieu et mon père voyait cela d'un très mauvais œil. Moi, j'étais prêt à renoncer à tout pour elle — mon titre, ma position, mon héritage. Mais elle a accepté l'argent que mon père lui a proposé et a disparu de ma vie.

— Cela a dû être très dur pour vous ? dit-elle, consciente de ce qu'il lui en coûtait de remuer ces souvenirs.

— J'ai survécu, dit-il. J'ai pris mes cliques et mes claques, comme vous dites, et je suis parti. Depuis, je n'ai plus vu mon père.

— Il y a longtemps ?

— Quinze ans.

— Et votre mère ? poursuivit-elle.

— Elle est décédée quand j'étais très jeune.

Karen réalisa qu'il avait vécu l'essentiel de sa vie, seul, éloigné de sa famille. Elle, elle avait eu ses parents pour l'accompagner pendant toute son adolescence.

— Vous ne pensez jamais à vous réconcilier avec votre père ?

— Non. Tout ce qui l'intéresse, c'est sa fortune, son titre. La famille ne vient qu'après, quand il a un peu de temps. Je peux vous assurer que je ne traiterai pas notre enfant de cette manière.

Cela, elle le savait.

— Vous devriez essayer de renouer, dit-elle. Je suis sûre qu'il vous aime malgré ce qu'il a fait. Vous êtes son fils.

— Il ne sait pas ce qu'aimer veut dire, dit Ash. Grâce à lui, à son intervention dans ma vie, j'ai appris à ne pas faire confiance à ce genre d'émotions. Mieux vaut s'en tenir à une ligne de conduite dictée par la raison.

Les espoirs de Karen s'envolaient. Pour ne pas être en reste, elle dit :

— L'amour n'est sans doute pas la panacée qu'on veut nous faire croire et on peut très bien s'en passer. Qui a besoin d'amour ?

Elle crut sentir Ash relâcher son étreinte. Effectivement, il se détacha d'elle et roula sur le dos.

— Vous l'aimiez ? demanda-t-il.

— Qui ? Mon père ?

— Votre ex-fiancé.

Carl ! Elle avait cru l'aimer mais s'était bel et bien trompée. Jamais elle n'avait eu pour lui les sentiments qu'elle éprouvait pour Ash — sentiments qu'elle ferait bien d'étouffer, d'ailleurs.

— Je pense que oui, au début, dit-elle. En fait, nous vivions dans une petite ville et le choix des candidats était limité ; si bien que notre relation était autant de convenance que d'amour proprement dit. Quand j'ai compris qu'il voulait régenter ma vie, tout contrôler de moi, j'ai rompu.

— Comment cela s'est-il manifesté ? demanda Ash.

— Je lui ai fait part de mon intention de créer une affaire de décoration d'intérieur. Il s'y est opposé, préférant que je reste à la maison comme toute femme de fermier qui se respecte. J'ai alors compris que je ne pourrais pas passer ma vie avec quelqu'un pour qui mes ambitions, mes rêves ne comptaient pas, dit-elle.

— A quoi rêvez-vous, Karen ?

Lui, au moins, il posait la question, remarqua-t-elle, ce que Carl n'avait jamais fait.

— Tout d'abord, je veux un bel enfant, en bonne santé.

— Et pour vous personnellement ?

« Votre amour, faillit-elle répondre. Je veux que vous m'aimiez comme Daniel aime Phoebe. » Malheureusement, il venait de lui faire comprendre qu'il était imperméable à tout sentiment, qu'il s'était blindé contre toute émotion irraisonnée. Elle lui retourna la question.

— Et vous, Ash, quels sont vos rêves ?

— Ce ne sont pas des rêves, dit-il, mais des objectifs à atteindre. J'en ai réalisé certains, ceux que je m'étais fixés en matière de réussite professionnelle. Maintenant, je souhaite donner à notre enfant un foyer stable avec deux parents responsables.

Aucune émotion ne perçait sous ces paroles raisonnables. Il ne demandait rien d'autre qu'une sorte de partenariat, chacun respectant les termes du contrat. Les derniers espoirs de Karen furent réduits en miettes. Elle se couvrit les yeux de sa main pour en chasser les larmes qui, pour la seconde fois ce soir, menaçaient.

A sa grande surprise, il lui prit la main, la porta à ses lèvres et sur un baiser, dit :

— Faites de beaux rêves, Karen.

Pas ce soir ! pensa-t-elle amèrement.

Elle qui avait imaginé qu'ils pourraient former un vrai couple, unis par leur amour… Elle devait se rendre à l'évidence. Ce ne serait pas pour elle. Adieu donc le rêve que toute jeune fille porte jalousement en son cœur. Rêve qu'elle avait entretenu avant leur rencontre, puis abandonné pour y revenir brutalement.

Hélas pour elle, ce rêve s'estompait.

— Karen Saalem ?

Un homme, grand, mince, très brun aux yeux bleus stupéfiants, se tenait au seuil de la porte. Beau comme un dieu, vêtu d'un costume impeccable, l'expression sévère, il avait tout d'un homme d'affaires et Karen pensa aussitôt qu'il venait voir Ash. Or Ash était en ville avec un agenda chargé. Pas de chance ni pour le visiteur ni pour elle, ajouta-t-elle en son for intérieur, étant donné les déclarations de la veille.

— Désolée, dit-elle. Mon mari est sorti.

— C'est vous que je viens voir, rétorqua l'homme.

— Ah, bon, s'étonna Karen. Et vous êtes ?

— Steven Conti.

« Il ne manquait plus que cela », soupira-t-elle. L'amoureux de Maria. A sa porte pour, évidemment, la harceler de questions auxquelles elle ne pouvait pas répondre.

— En quoi puis-je vous être utile ? dit-elle avec un sourire, sans lui tendre la main.

Il se passa la main dans le cou comme pour détendre des muscles crispés et dit :

— Je voudrais vous parler de Maria.

Elle faillit se récuser, prétendre qu'elle n'était pas libre mais décida d'en finir rapidement avec l'inévitable. De plus, il semblait avoir besoin de parler. Elle l'écouterait donc. Sans plus. Elle le fit entrer, le précéda dans le salon, enleva la bâche qui protégeait le canapé et lui fit signe de s'asseoir.

Il resta debout et dit :

— Je veux que vous me disiez où est Maria.

Elle le regarda.

— Elle prend des vacances.

— Je n'en crois rien, répliqua-t-il. Je pense plutôt que sa famille a découvert notre relation et l'a éloignée pour empêcher que nous nous voyions.

Là, Karen pouvait le rassurer.

— Faux, dit-elle. Maria est partie de son propre gré.

— Et vous savez où.

Elle s'en voulut de devoir lui cacher la vérité tant il avait l'air malheureux. Mais sa promesse à sa cousine ne lui laissait pas le choix.

— Je peux vous assurer qu'elle va bien, dit-elle. Elle avait besoin de prendre du recul. C'est tout.

— Je veux savoir où elle est. Il faut que je lui parle, rétorqua Steven Conti avec véhémence.

— Je ne peux rien vous dire. J'ai promis à Maria de garder le secret.

Il se passa la main sur le front et fixa Karen avec colère.

— Vous trouvez normal qu'elle soit partie en me laissant juste un mot disant qu'elle avait besoin d'être seule ? Et moi, dans tout ça ?

La souffrance qu'elle lisait dans ses yeux et entendait dans sa voix lui fit mal mais elle tint bon.

— Je ne fais que respecter ses désirs, dit-elle.

— Je la trouverai, affirma-t-il d'un ton violent, même si cela me prend du temps. J'avais espéré que vous me faciliteriez les choses.

— Je ne peux pas.

Il la prit par les bras et, sous le coup de la frustration, la secoua et insista.

— Je vous demande de me le dire. N'avez-vous aucune pitié ?

— Et moi, je vous ordonne de laisser ma femme tranquille !

C'était Ash.

Conti lâcha Karen et tous deux se retournèrent. Ash était au seuil du salon, en costume trois-pièces et *kaffiyeh*. Il les regardait d'un air menaçant.

Steven leva les mains en signe de conciliation et assura :

— Rassurez-vous, je ne suis pas venu semer le trouble. J'ai assez d'ennuis comme cela.

Il sortit une carte de visite de la poche de sa veste et la tendit à Karen.

— Si vous changez d'avis, appelez-moi.

Il passa devant Ash, marmonna :

— Désolé.

Et sortit.

Furieuse de son intervention, Karen s'adressa vertement à son mari.

— Qu'est-ce qui vous a pris ?

— C'est moi qui pourrais poser des questions, dit-il, glacial. Qui est cet homme ? Que faisait-il ici ?

— Rien qui vous regarde.

Il fit un pas et répliqua :

— Je trouve un étranger, chez moi, les mains sur ma femme, et cela ne me regarde pas ?

— Vous me croyez capable de laisser entrer un étranger ?

— Alors qui est-ce ?

Il fallait qu'elle réponde.

— Steven Conti, l'amoureux de Maria.

Cela ne parut pas apaiser la colère d'Ash.

— Que voulait-il de vous ?

— Que je lui dise où elle se trouve. J'ai refusé puisque j'ai promis de ne rien dire. Cela devrait vous rassurer.

— Comment pouvais-je savoir qu'il ne représentait pas un danger ?

Elle eut un rire qui sonnait faux et assura :

— Si vous n'aviez pas tout de suite imaginé les pires choses, vous auriez vu, à sa tête, qu'il souffrait, qu'il est perdu sans Maria.

Les traits d'Ash perdirent de leur froideur.

— Je n'ai rien vu d'autre, dit-il, qu'un homme, un inconnu, sur le point de brutaliser ma femme.

— Bien, maintenant vous savez la vérité, dit-elle.

Elle posa le bristol sur la table et remit la bâche sur le canapé. Puis elle ajouta :

— Je vous dispense de vos entrées fracassantes de Superman volant à mon secours.

— Je n'ai vu que…, commença-t-il.

Il s'interrompit et coupa court.

— Aucune importance.

Karen ressentit un petit pincement de satisfaction et s'enquit :

— Seriez-vous jaloux, par hasard, sheikh Saalem ?

— J'étais inquiet pour vous, déclara-t-il. La jalousie n'entre pas en ligne de compte.

— Vous avez raison. Vous ne paraissiez pas jaloux, l'autre soir, à l'idée qu'un marin puisse nous voir faire l'amour.

— Ce n'était qu'un fantasme, Karen. Si j'avais vraiment su qu'un homme vous voyait nue, je me serais abstenu.

— Et pas par jalousie, bien sûr ! se moqua-t-elle. Un prince ne s'abaisse pas à de telles émotions.

D'un geste brusque, il se débarrassa de son *kaffiyeh* et l'envoya valser à travers la pièce :

— J'ai réagi en homme, pas en prince !

— J'entends bien, dit Karen, toujours ironique. Un homme qui vole au secours de sa femme.

Elle s'assit dans un fauteuil, les jambes repliées sous elle.

— Un homme normal pourrait se montrer jaloux d'un Steven Conti, remarqua-t-elle. Très séduisant, ma foi. Mais étant donné que nous ne sommes mari et femme que de nom, vous n'avez aucune raison d'être jaloux.

Il s'avança vers elle et questionna :

— Que cherchez-vous à me faire dire ?

— La vérité.

— Quelle vérité ?

— Que vous vous êtes demandé si j'avais pris un amant, contrairement à la femme de l'officier qui attendait son mari sur la terrasse. Que vous avez pensé ne pas en faire assez pour moi, ce qui m'avait poussée dans les bras d'un autre.

Il s'appuya des deux mains sur les bras du fauteuil de Karen et demanda :

— Mes attentions à votre égard n'ont-elles pas été satisfaisantes ?

— Vous êtes certainement un amant des plus attentionnés, dit-elle.

— Attentionné ?

Il se pencha et, ainsi rapprochés, la tension entre eux devint presque tangible.

— Si c'est ainsi que vous voyez notre relation, alors, j'ai lamentablement échoué à vous faire découvrir le plaisir, dit-il. Je brûle d'avoir l'occasion de me racheter et de vous montrer de quoi je suis capable.

Karen savait que si elle relevait le gant, Ash ne se le ferait pas dire deux fois et serait à la hauteur du défi. Mais était-ce bien raisonnable après les confidences de la veille ? Qu'importe, pensa-t-elle. Elle avait un besoin physique de lui, presque animal, même si elle devait faire une croix sur ses espoirs d'amour partagé.

— Allez-y. Prouvez-le-moi.

Il se redressa.

— Ce sera avec plaisir si vous vous sentez en forme, dit-il.

Elle remarqua :

— Il est clair que vous, au moins, vous l'êtes, en forme.

— Aucune importance, dit-il. Il en sera comme vous le jugerez bon.

Elle le fusilla du regard, déplia ses jambes et, sans autre avertissement, fit passer son sweat-shirt par-dessus sa tête. Elle n'avait plus qu'un soutien-gorge de dentelle noire et son jean.

Il hésita mais, au moins, ne prit pas la fuite ! Lentement, elle déboutonna son jean, le baissa et l'envoya rejoindre le pull sur le tapis. Elle se sentait prête à toutes les audaces pour séduire son mari.

Opération réussie ! Il suivit du regard son doigt quand elle le passa dans la ceinture de dentelle de son slip.

— Alors, intéressé ? demanda-t-elle.

D'un geste résolu, il envoya sa veste au tapis, prit brutalement Karen dans ses bras et, alors qu'elle s'attendait qu'il l'emporte dans la chambre, il l'assit sur la bâche du canapé. Il se mit à genoux devant elle, lui ôta son slip et, sans attendre, la caressa de la langue au plus intime d'elle-même.

À chaque caresse, elle avait l'impression de sombrer dans un abîme de sensualité, d'être sur le point de basculer. Et chaque fois qu'il glissait son doigt en elle, elle se retenait de crier de plaisir sans oser l'arrêter, sans pouvoir lutter contre le bonheur qui montait en elle.

Ash se releva et, la fixant, s'enquit :

— Ai-je été assez attentif ?

Elle prit le temps de respirer et dit :

156

— Très, très attentif.

À son tour, elle se mit à genoux devant lui, défit la ceinture de son pantalon.

— Je crois que vous aussi avez besoin de mes attentions.

Elle oublia toute inhibition, suivit son instinct et le prit dans sa bouche. Il posa la main sur sa tête et la laissa explorer toute la longueur de son sexe avec ses lèvres, sa langue jusqu'au moment où il l'arrêta et dit :

— Assez, maintenant.

— Vous croyez ?

Il se débarrassa de son pantalon et de son caleçon, allongea Karen sur le canapé et la posséda d'un puissant coup de reins.

Il l'embrassa en même temps qu'il bougeait en elle. Il lui caressa les seins, les suça à travers le tissu. Elle lui griffa le dos de ses ongles, lui pétrit les fesses. C'était comme s'ils se nourrissaient l'un l'autre de leur désir mutuel. Comme si la passion qui les animait vivait sa propre vie. Sans qu'ils la contrôlent.

Ash se releva sur les mains et demanda :

— Est-ce assez attentionné ?

— Pas mal, dit-elle.

Faux. Beaucoup mieux que « pas mal » ! Elle le désirait à en avoir mal, lui et aussi son amour qu'elle n'avait pas cherché. Elle le reprit dans ses bras, contre elle, et leur rythme devint frénétique.

Elle entendit vaguement qu'un camion se garait devant la maison, qu'on ouvrait et fermait des portes. Soudain, elle comprit que les ouvriers étaient arrivés.

— Vite, dit-elle d'une voix rauque.

Il leva la tête, les traits tendus par l'imminence de l'orgasme.

— Non, dit-il.

Il lui fit nouer les jambes autour de sa taille et elle oublia tout, indifférente à qui pouvait bien entrer, concentrée sur Ash, attentive à son corps sur le sien et à la puissance de ses coups de reins. Il la toucha de nouveau et elle explosa tandis qu'il frissonnait sous la poussée de sa propre jouissance.

Un bruit de pas ramena Karen à la réalité. Elle se redressa, enfila son sweat-shirt, trouva son jean mais pas ses sous-vêtements. Elle passa son jean. Tant pis pour le reste. C'est alors qu'Ash brandit un chiffon de dentelle qui n'était autre que son slip. Elle le mit dans sa poche et dit :

— Habillez-vous. Ils vont arriver.

— Ils frapperont avant d'entrer. Si ce n'est pas le cas, il ne faudra pas qu'ils s'étonnent de ma tenue — ou plutôt de mon manque de tenue.

Il faut dire qu'il était particulièrement sexy, sourit Karen, tout ébouriffé et presque dépenaillé.

Cependant, elle lui tendit ses vêtements et remarqua :

— Vous vous moquez peut-être de votre réputation mais… moi, je travaille avec eux.

Il lui obéit et tous deux se rendirent plus ou moins présentables. Karen réalisa alors qu'elle avait cédé à ses désirs et que, si elle continuait ainsi, elle allait y laisser des plumes. Elle savait pourtant qu'il ne s'agissait pas d'amour. Or, chaque fois, à chaque étreinte, elle s'investissait un peu plus de sorte que, bientôt, elle ne garderait plus aucun contrôle sur les mouvements de son cœur.

— Ce n'est pas ainsi que cela devrait être entre nous, murmura-t-elle.

Ash se retourna et demanda :

— Comment cela devrait-il être ?

— Amical, platonique.

— C'est vous qui avez souhaité que nos relations évoluent et que nous partagions des moments comme celui-là. Pas moi.

— J'ai changé d'avis. Je ne vous demanderai plus rien.

A quoi bon se leurrer, en effet ? A quoi bon remuer le fer dans la plaie ? Il lui avait fait clairement comprendre qu'il se refusait à aimer.

Il lui prit les mains.

— C'est vous qui demandez mes attentions. Ai-je tort de vous satisfaire ? Dois-je me montrer assez fort pour deux et résister ? Répondez-moi.

Elle retira ses mains et, comme elle ne disait rien, il reprit :

— Je ne veux qu'une chose : prendre soin de vous et de notre enfant.

— N'oubliez pas qu'aux termes du contrat, notre... association n'est pas faite pour durer.

— C'est ce que vous croyez, murmura-t-il.

— Je tiens à garder ma liberté et le contrôle de mon avenir, sans personne pour me dire ce que je dois faire ou ne pas faire, poursuivit-elle.

Au fur et à mesure qu'elle parlait, le visage d'Ash s'était fermé. Il se dirigea vers la porte, se retourna et dit :

— Vous vous trompez sur mes intentions. Vous ne voulez pas m'entendre. Mais puisqu'il en est ainsi, je vais commander le mobilier d'une chambre à coucher. Je ne suis pas assez stoïque pour ignorer votre présence dans mon lit.

Elle se sentit rejetée mais concéda qu'il avait raison de vouloir garder ses distances. Cela valait mieux pour elle comme pour lui. Toutefois, elle lui aurait volontiers laissé la grande chambre.

— Si vous préférez dormir ailleurs...

— C'est *votre* décision, dit-il en quittant la pièce.

Après son départ, Karen se passa la main sur le ventre pour se rappeler la seule raison qui les avait réunis, elle et Ash. Son bébé. Un bébé qui les lierait l'un à l'autre le reste de leur vie. Une longue vie au cours de laquelle elle s'en voudrait probablement de n'avoir pu se retenir d'aimer le père de son enfant.

Ce soir-là, Karen se retrouva seule dans le grand lit. Elle avait passé la journée avec l'architecte et les ouvriers, choisissant les couleurs, décidant de changements de dernière minute. Seule. Car Ash s'était enfermé dans son bureau et elle ne l'avait plus revu.

Au bord des larmes, elle eut envie de parler à quelqu'un et appela Maria, espérant que ce serait elle qui décrocherait. Les Calderone étaient adorables mais elle ne se sentait pas d'humeur à échanger des banalités. Elle eut de la chance, ce fut sa cousine qui répondit.

— Karen ! Cela fait plaisir de t'entendre, s'exclama-t-elle.

— Moi aussi, je suis contente de t'entendre. Comment vas-tu ?

— Comme une fille enceinte et solitaire, dit Maria.

— Je sais. Même chose ici.

— Oh ! Tu m'as l'air un peu déprimée ? Tu veux en parler ?

— C'est un peu pour cela que je t'appelle, soupira Karen. Mais, d'abord, j'ai quelque chose à te dire qui te concerne.

— La famille sait où je suis ? s'enquit Maria, paniquée.

— Non, pas la famille. C'est Steven. Il ne va pas tarder à savoir.

— Comment cela ?

— Il est venu me voir. Je ne lui ai rien dit, rassure-toi, mais il m'a juré qu'il te retrouverait, coûte que coûte. Es-tu sûre que tu ne veux pas le voir ?

— Je n'en sais rien, dit Maria. Je ne sais toujours pas où j'en suis.

— Cela doit être un trait de famille, dit Karen, puisque je suis dans le même bateau.

— Ash et toi ?

— Oui.

— Tu l'aimes ?

Karen fut un instant déstabilisée par l'intuition de sa cousine et sa façon abrupte de dire ce qui était encore confus pour elle-même.

— Oui, admit-elle tout haut pour la première fois. Comme une idiote que je suis.

— Mais, c'est merveilleux ! s'écria Maria.

— Non.

— Pourquoi ?

— Parce qu'Ash ne m'aime pas.

— Il te l'a dit ?

— Pas ouvertement, reconnut Karen. Mais il a eu une mauvaise expérience avec une autre femme quand il était plus jeune et il a décidé de ne plus jamais s'abandonner à ce genre d'émotions.

— C'était il y a longtemps, Karen. Les gens changent.

— J'aimerais te croire. Il y a aussi le fait qu'il prétend me protéger, décider pour moi, tout régenter, et cela me rend folle. Pire, cela me fait peur.

— Aimer n'est pas simple, ma chérie, dit Maria. Tu ne crois pas que c'est sa façon de te montrer qu'il tient à toi ? C'est plus difficile pour un homme de s'exprimer. J'ai l'impression que vous êtes tous les deux campés sur vos positions et trop orgueilleux pour l'admettre. Il faut que l'un des deux fasse le premier pas.

Maria avait-elle raison ? se demanda Karen. Ash luttait-il contre des sentiments qu'il avait du mal à admettre ? Devrait-elle changer d'attitude, se montrer moins agressive ?

— Je lui ai dit que je ne voulais plus qu'il me touche, avoua-t-elle. Depuis, je ne l'ai pas revu. On ne se parle plus.

— Oh ! Karen ! Que redoutes-tu ? Que peut-il arriver ?

— Qu'il me rejette ! Cela, je ne le supporterais pas.

— Tu ne crois pas qu'il se sent, lui, rejeté ? Tu ne lui facilites pas les choses, si tu veux mon avis.

Maria voyait juste. C'est elle, Karen, qui avait posé ses conditions et dressé des barrières. Elle qui l'avait… expulsé de son lit !

— Que dois-je faire ? demanda-t-elle, en désespoir de cause.

— Demain, tu vas faire les boutiques et tu t'achètes ce que tu trouveras de plus sexy en matière de lingerie, dit Maria avec un petit rire. Tu prépares un petit dîner aux chandelles au cours duquel tu lui fais part de tes sentiments pour lui. Tu verras bien sa réaction. De toutes manières, il faut savoir prendre des risques, dans la vie. Tu as tout à gagner, ma chérie.

Maria avait trouvé le bon argument. Karen n'avait-elle pas tenté sa chance en venant à Boston se faire connaître de cette famille qui ignorait tout de son existence ? Si elle n'avait pas pris le risque, elle serait encore à se morfondre au fond du Montana et n'aurait pas rencontré tous ces êtres chaleureux qui l'entouraient.

— Tu crois que cela peut marcher ? demanda-t-elle.

— Je le crois. Ne passe pas à côté du bonheur, Karen. Il y a des gens qui n'auront jamais ce que tu as à portée de la main. Alors, mets ton orgueil dans ta poche et lance-toi. Qui ne tente rien n'a rien.

Karen se sentit prise de remords à l'idée que Maria, elle, n'osait espérer connaître ce bonheur.

— Toi aussi, dit-elle. Cela t'arrivera un jour. Avec Steven.

— On verra, dit Maria. Toi, vas-y. J'attends des nouvelles.

— Merci, Maria. Bonne nuit.

Karen avait repris espoir. Au moins, elle allait mettre les choses au clair et ne pas garder pour elle cet amour qu'elle avait si bien réussi à dissimuler. Elle prendrait le risque de tout avouer à Ash. Et, advienne que pourra. Elle ne passerait pas sa vie à regretter de ne pas avoir osé parler. Si, par hasard, Maria avait raison, si Ash avait entretenu les mêmes sentiments sans pouvoir les exprimer, alors, ce serait le bonheur total. Sinon, elle ferait de son mieux pour le persuader que la vie sans amour, sans personne à aimer, ne valait pas la peine d'être vécue.

10.

Après une nuit agitée passée sur le canapé du salon, Ash se réveilla pour s'apercevoir que Karen avait quitté la maison. Il chercha vainement un mot d'explication et, pris de panique, se précipita dans la chambre où il ouvrit brutalement les placards. Il poussa un soupir de soulagement quand il vit qu'elle n'avait rien emporté de ses affaires personnelles. Il appela le *Baronessa* mais personne ne l'avait vue. Même chose chez le médecin : son prochain rendez-vous n'était pas avant la fin du mois.

Il se demanda alors si elle n'était pas partie à la recherche d'un autre lieu de résidence. Cette idée le consterna et il se réfugia dans son bureau pour y méditer sur les conséquences de ce que son orgueil et la crainte de voir son amour bafoué pouvaient lui coûter. La femme de sa vie, rien moins !

Hier, se reprocha-t-il, il aurait dû saisir l'occasion de parler. Mais il avait cédé au désir physique et s'était enfui avant d'avouer à Karen que la vie sans elle n'avait plus d'intérêt pour lui. A sa décharge, il fallait dire qu'il se sentait paralysé par le souvenir de ce qu'elle avait proclamé la veille, à savoir, qu'on pouvait se passer d'amour. Par ailleurs, ne lui avait-elle pas intimé l'ordre de garder ses distances ? Qu'à l'avenir, elle le dispensait de ses attentions ?

L'idée l'effleura qu'elle affirmait son indépendance par crainte qu'il ne veuille la dominer, l'assujettir… Pourtant, c'était elle qui le tenait à sa merci, pieds et poings liés. Elle, qui avait fait tomber les barrières érigées autour de son cœur. Car il était clair, s'avoua-t-il, qu'il éprouvait pour elle beaucoup plus que de l'affection.

A lui, alors, de lui montrer qu'il respectait son besoin de liberté, résolut-il.

D'une main fébrile, il considéra son emploi du temps, ses rendez-vous et décida qu'il y avait plus urgent : trouver un moyen de faire comprendre à Karen qu'elle était libre d'être elle-même, qu'il appréciait par-dessus tout cette qualité d'indépendance chez elle. Il y parviendrait, se promit-il. Même si cela devait lui prendre la journée entière, la vie entière.

En fin d'après-midi, Karen revint les bras chargés de provisions et le cœur lourd. Elle était partie tôt le matin pour éviter Ash : pas encore prête pour le face à face.

Elle mit le rôti au four et se rendit à l'étage pour s'assurer qu'il n'était pas dans son bureau. Elle vit que la porte de l'autre chambre était ouverte et constata qu'il avait tenu parole : un mobilier de pin occupait la pièce — un lit, une armoire, une commode. Il s'était préparé un endroit pour s'éloigner d'elle.

Blessée dans son orgueil, dans son amour, dans son désir de l'avoir près d'elle, dans son lit, elle se rua dans l'escalier, traversa en trombe le salon où un ouvrier, perché sur une échelle, restaurait les moulures du plafond. Dans sa hâte, elle se prit le pied dans une bâche et tomba lourdement sur le sol. Un cri lui échappa, de frayeur autant que de douleur. Allongée par terre, elle bénit le ciel de ne pas avoir atterri sur le ventre et, peu à peu, réalisa qu'elle n'était pas blessée, sauf à la cheville.

L'ouvrier, un homme d'un certain âge, était descendu de son échelle et s'inquiétait.

— Ça va ? Etes-vous blessée, ma petite dame ?

— Non, dit-elle, mais je suis enceinte et je crois qu'il serait prudent que j'aille à l'hôpital. Il y a un numéro de téléphone sur le réfrigérateur : celui de mes cousins, Daniel et Phoebe. Si vous pouviez les appeler, ils viendraient me chercher.

— Je peux vous y emmener, moi, proposa-t-il.

— Merci, je suis sûre que mes cousins seront heureux de me rendre ce service.

Il n'insista pas, se rendit dans la cuisine, et revint peu après, disant que Phoebe allait venir.

Karen pensa à appeler Ash sur son mobile mais, la plupart du temps, il l'éteignait pour ne pas être gêné pendant ses rendez-vous. D'autre part, elle préférait s'assurer elle-même que tout allait bien plutôt que de l'inquiéter inutilement.

Ash se rua dans la maison, les mains encombrées d'un sac en papier, claqua la porte derrière lui, et se prépara au pire. Daniel lui avait laissé un message sur son portable, disant que Karen s'était fait une entorse à la cheville mais que tout allait bien. Malgré cela, il craignait qu'on lui cache quelque chose.

— Où est-elle ? demanda-t-il à Daniel, assis sur le canapé.

— Dans sa chambre. Phoebe est avec elle. Calme-toi, il n'y a pas d'inquiétude à avoir.

— Pourquoi ne m'a-t-elle pas appelé ?

La colère s'alliait à l'anxiété et le ton d'Ash était rien moins qu'aimable.

— Tu le lui demanderas, dit Daniel. A mon avis, elle n'a pas voulu t'inquiéter. A voir ta réaction, elle n'a pas eu tort.

— Normal, non ? s'énerva Ash. C'est ma femme. Elle porte mon enfant.

« Elle est toute ma vie », se retint-il d'ajouter. De justesse.

Daniel réprima un sourire mais se permit de dire :

— On dirait que votre mariage de convenance prend des allures inattendues. Le sheikh aurait-il trouvé chaussure à son pied ? Le maître aurait-il succombé au charme de la belle captive ?

Ash regretta de s'être laissé aller quand il entendit Daniel dire tout haut ce qu'il commençait à s'avouer. Il avait raison, reconnut-il cependant…

Au même moment, Phoebe entra.

— Qu'est-ce qui se passe ? Un cataclysme ?

— Non, dit Daniel. Le sheikh cherche sa femme.

— Elle va bien et sera heureuse de vous voir, dit-elle. Elle voulait se lever pour préparer le dîner. Mais je l'ai persuadée de rester allongée.

— Le bébé ?

— Il va très bien, assura-t-elle. Elle s'en sort avec une légère entorse. Rien d'autre. Voulez-vous que je vous prépare une assiette ? Karen avait tout préparé.

— Non, merci, dit Ash qui avait d'autres soucis en tête que la nourriture.

— Bien. Je range quelques petites choses, je sors le rôti du four et on vous laisse, ajouta-t-elle avec un clin d'œil à Daniel.

— Je vous suis infiniment reconnaissant, dit Ash. Daniel, je suis ton obligé.

— Ne t'inquiète pas, je trouverai un moyen de te faire payer, dit ce dernier. Le marché boursier…

— Arrête, dit Phoebe. Laisse le sheikh tranquille.

— D'accord. Vas-y, Ash. Ta présence va sûrement faire des miracles. La dame de tes pensées attend avec impatience que tu la réconfortes ! Souviens-toi quand même qu'elle a une entorse. A manier avec précautions, donc.

— Daniel Barone ! s'exclama Phoebe. Assez. On s'en va.

Des miracles ! Avec impatience ! Rien n'était moins sûr, se dit Ash, se dirigeant vers la chambre. Il entrouvrit la porte et vit Karen appuyée sur ses oreillers, le pied bandé. Quand elle le regarda, il crut voir un éclair de joie dans ses yeux. N'était-ce qu'imagination de sa part ?

Il posa le sac qu'il n'avait pas lâché sur la commode et vint vers le lit.

— Est-ce que vous souffrez beaucoup ? demanda-t-il.

— Un peu, dit-elle. Mais ce n'est rien. J'ai eu tellement peur que ce ne soit plus grave.

Les larmes lui montèrent aux yeux et Ash s'approcha, incertain quant à l'attitude à adopter.

— Je suis désolé de n'avoir pas été là, dit-il. Désolé aussi que vous n'ayez pas cru bon de m'appeler. Que vous ayez eu peur de me déranger !

— Je ne voulais pas vous inquiéter sans raison. C'est pourquoi Daniel vous a appelé de l'hôpital dès que le médecin m'a eue examinée.

— Nous voilà rassurés, dit-il, lui prenant la main dans les siennes. C'est l'essentiel.

— Oui. Tout va bien en ce qui concerne le bébé.

Elle baissa les yeux sur leurs mains réunies et ajouta :

— Il n'en va pas de même en ce qui nous concerne.

L'alarme se déclencha chez Ash qui sentit un frisson glacé lui courir dans le dos. Il dit tout haut ce qu'il redoutait depuis le matin :

— Vous voulez partir... avant la naissance ?

— Partir ? dit-elle, relevant la tête.

— Vous n'avez pas passé la journée à chercher un autre endroit pour vous y installer ?

Karen était stupéfaite. Qu'allait-il imaginer ?

— Mais non ! J'ai fait des courses en vue d'un petit dîner à deux qui nous permettrait de parler. Vraiment parler.

Elle fit une pause et précisa :

— J'ai quelque chose à vous dire.

Ash se sentit à la fois soulagé et inquiet. Ce qu'elle avait à lui dire, était-ce un aveu du même ordre que ce que, lui aussi, était décidé à lui avouer ? Là, maintenant ?

— Moi aussi, j'ai quelque chose à vous dire, confessa-t-il. Je propose d'oublier le dîner et d'avoir cette conversation sans plus attendre.

La main de Karen se crispa dans la sienne.

— D'accord, dit-elle.

Il suggéra alors :

— A vous de commencer.

— Non, vous d'abord.

— Très bien. Mais je dois vous demander d'être indulgente. Ce que j'ai à dire n'est pas facile.

— Je vous écoute.

Il s'assit sur le lit et lui fit face.

— Pendant longtemps, commença-t-il, j'ai cru mener l'existence qui me convenait. Entre mes affaires, mes amis, mes voyages, j'étais satisfait. Il a fallu que vous entriez dans ma vie pour que je réalise que je passais à côté de l'essentiel, pour que je me sente vivre pleinement.

Il lui caressa la joue et continua.

— Vous étiez tout ce que je redoutais, Karen. Une femme capable de me mettre à genoux devant elle, de raviver des sentiments que je considérais comme des faiblesses. J'ai eu peur, j'ai prétendu que seule notre relation physique nous liait. Je me trompais. Vous avez touché mon cœur et, ce faisant, vous m'avez communiqué de la force.

Il s'arrêta avant de dire les mots qu'il se croyait incapable de dire.

— Vous êtes tout ce dont je rêve, Karen. Vous m'avez rendu la vie. Je vous aime.

Il s'aperçut qu'elle pleurait et s'inquiéta.

— Je ne veux pas vous faire souffrir, s'empressa-t-il d'ajouter, ni vous imposer quoi que ce soit. Si vous décidez de partir, je respecterai votre décision. Je ne vous retiendrai pas de force près de moi.

Elle ravala ses larmes, lui prit la main et la posa sur sa joue.

— Vous ne me faites pas souffrir, Ash. Vous vous trompez. Je n'ai pas non plus l'intention de partir… Si vous êtes d'accord.

— Que dois-je comprendre ? demanda-t-il, perplexe.

— Tout simplement que j'ai fait la même erreur que vous, confessa-t-elle. J'ai voulu me blinder par peur de perdre mon indépendance. Jusqu'à ce que la vérité me crève les yeux. Avec vous, j'ai découvert autre chose et ma vie prend tout son sens. Je vous aime, Ash.

Ce fut comme si elle lui offrait les clés du paradis sur un plateau. Il n'osait y croire.

— Vous m'aimez, vraiment ? s'enquit-il, anxieux de l'entendre répéter les mots magiques.

— Oui, Ash. Depuis le premier jour, au fond. J'avais peur de le reconnaître. J'avais peur que vous me rejetiez.

Il la regarda longuement, comme pour s'assurer qu'il avait bien entendu. Sans doute possible, les yeux de Karen parlaient pour elle. Il lui posa un baiser léger sur les lèvres et dit avec un soupir :

— Nous ne sommes que deux orgueilleux. Nous avons failli passer à côté du bonheur. Mais c'est fini.

Il la prit dans ses bras et l'embrassa longuement, avec passion, se retenant cependant d'aller trop loin. Il lui restait une tâche à accomplir.

Il se releva et annonça d'une voix qui trahissait sa joie :

— J'ai un cadeau pour vous. Trois cadeaux, en fait.

— Vous ne pouvez pas me faire de plus beaux cadeaux que ceux que vous m'avez déjà offerts, dit-elle, encore émue de ce qui venait de se passer si simplement. Un bébé et des perspectives de bonheur sans fin !

— Je peux toujours essayer, dit-il, gaiement.

Il lui apporta le sac en papier qu'il avait en entrant et elle rit.

— Un beignet aux pommes ? C'est ce dont je rêve depuis des heures !

— On verra plus tard pour les beignets, dit-il. Désolé ! J'en suis encore aux olives.

Il posa le bocal sur la table de chevet puis sortit une clé de sa poche, la clé d'une maison, et la lui tendit.

— Pour vous, dit-il.

— Vous avez acheté une deuxième maison ? demanda-t-elle, vaguement inquiète.

— Pas une maison. Un immeuble.

— Que vais-je faire d'un immeuble ?

Il se rassit sur le lit et expliqua :

— Vous n'aurez pas besoin de tout l'immeuble, évidemment. Vous pourrez louer les étages. Mais le rez-de-chaussée est parfait pour que vous y installiez une boutique de décoration, cadeaux et autres choses.

— Oh, Ash ! Vous m'offrez la possibilité de créer ma propre affaire ? s'écria-t-elle, bouche bée et les yeux agrandis par la surprise.

— Je vous offre le site. A vous de voir ce que vous voulez en faire, dit Ash. Avec votre permission, je serais heureux de vous conseiller pour ce qui est du financement et de la comptabilité.

— J'en serai ravie, dit Karen.

Elle réfléchit et dit sur un ton de regret :

— Je ferais mieux d'attendre que le bébé soit né ou même qu'il ait un peu grandi.

— Il y a un appartement qui va avec la boutique, reprit Ash sans désemparer. Vous pourriez y aménager une nursery et prendre une jeune fille au pair. L'enfant serait près de vous dans la journée sans qu'il vous soit une charge.

Il ajouta avec une grimace comique :

— Tant que vous choisissez une jeune fille et pas un jeune homme, pas d'objection de ma part.

— Je n'ai pas besoin de jeune homme puisque je vous ai, dit Karen.

Il se mit debout et fouilla ses poches.

— Dernier cadeau, mais pas le moindre…

Il tenait un écrin qu'il ouvrit et en sortit un anneau d'or qu'il lui tendit.

— Pour vous assurer que je serai toujours à vous.

Elle le regarda, incertaine.

— J'ai déjà une superbe bague, Ash, dit-elle.

Il sourit et corrigea :

— C'est pour moi. Pour vous prouver que je suis votre mari dans tous les sens du terme et que je le proclame à la face du monde.

Karen fut très émue de ce geste. Ash leva la main et elle lui passa l'anneau au doigt tandis que des larmes de joie coulaient librement sur ses joues.

D'un revers de la main, elle les chassa.

— Je vais peut-être vous paraître exigeante mais il y a autre chose qui me ferait un immense plaisir.

— Dites.

— Que vous vous réconciliiez avec votre père. Pour moi. Pour notre enfant. Pour nous.

C'était beaucoup demander, en effet. Mais pour elle, Ash était prêt à faire table rase de son passé et à tout reprendre de zéro.

— Entendu. Je l'appellerai dès demain, mais je ne peux pas vous promettre qu'il consentira à me parler.

— Les gens changent, assura-t-elle, citant Maria.

— Je sais. Ainsi, vous m'avez transformé.

— Comme vous m'avez fait évoluer.

Elle se tourna vers la table de chevet et prit des papiers dans le tiroir, papiers qu'elle lui tendit. Intrigué, il déplia le document : c'était le contrat qu'ils avaient signé.

— Que voulez-vous que j'en fasse ? demanda-t-il.

— Le déchirer en mille morceaux.

— Rien ne pourrait me faire plus plaisir, admit-il.

Il s'apprêtait à exécuter les volontés de Karen quand elle l'arrêta.

— J'ai une meilleure idée, dit-elle. On va les disperser au vent au-dessus de la mer.

— Vous ne pouvez pas marcher, objecta Ash.

— Je sais. Je compte sur vous pour me porter sur la terrasse.

Il mit le document dans sa poche, souleva Karen dans ses bras et alla l'asseoir sur le mur. Elle lui demanda de bien la tenir et prit le contrat qu'elle déchira, jetant les morceaux au vent. Puis elle ouvrit les pans de son peignoir comme des ailes et laissa la brise caresser son corps.

Ash se plaignit.

— Ce n'est pas juste ! Je n'ai pas les mains libres.

— Pas besoin des mains, le taquina-t-elle. Quelqu'un d'aussi créatif que vous peut certainement innover. Ne m'avez-vous pas dit qu'il y avait mille manières de faire l'amour ?

— Vous avez raison, dit-il, posant les lèvres entre ses seins.

Elle lui embrassa les joues, le cou. Leva la tête et, le regardant dans les yeux, dit :

— Je veux qu'on fasse l'amour, Ash, vraiment l'amour.

— Avec plaisir, répondit-il, ému. Nous pourrions essayer notre lit ? Ce serait la première fois.

— Exact. Par ailleurs, la maison est pleine de pièces que nous n'avons pas essayées. Votre bureau, par exemple. Croyez-vous que nous pourrions l'inaugurer, un de ces jours ?

Il rit.

— Je crois surtout que je ne pourrais plus jamais y travailler sans penser à vous.

Il la porta dans la chambre et Karen s'installa au milieu du lit. Elle enleva peignoir et slip, puis posa son pied sur l'oreiller.

Pendant qu'il se déshabillait, elle regarda Ash avec une admiration toute nouvelle, comme si elle le voyait pour la première fois. Car c'était véritablement leur première fois, se dit-elle.

Ash lui mit un oreiller sous les genoux et un autre sous les hanches. Pendant de longues minutes, il se contenta de la contempler puis posa ses lèvres sur la cheville blessée et remonta jusqu'au ventre de Karen.

— Notre bébé, dit-il. La preuve de notre amour.

Ils passèrent un long moment à se caresser, à prendre possession l'un de l'autre, à découvrir leurs corps. Puis Ash se montra le plus attentif des amants et Karen fut emportée par la spirale du plaisir. Il y avait tant de prévenance, tant de tendresse dans leur plaisir mutuel qu'elle en aurait pleuré de joie.

Plus jamais elle ne serait seule. Elle avait conquis l'amour de son mari, elle attendait un bébé de cet homme qu'elle aimait, et elle allait faire leur bonheur à tous deux.

Ils restèrent ainsi, dans les bras l'un de l'autre, enlacés, liés par leur désir, par l'enfant, par l'amour qu'ils avaient d'abord refusé de voir et qui, aujourd'hui, les enveloppait tendrement.

— Ma chérie… Karen… S'il y a quelque chose que tu désires, n'hésite pas à me le dire. Je ferai tout ce qui est en mon pouvoir pour te le donner.

Elle lui prit la main et la posa sur son ventre.

— Tu m'as donné ce que je désirais plus que tout au monde, dit-elle. Un bébé et ton amour.

Un baiser passionné les jeta de nouveau dans les bras l'un de l'autre. Karen se sentait une autre femme. Elle avait confiance dans l'avenir. Dans son mari.

Enfin, elle vivait une histoire d'amour. Une vraie.

Tournez vite la page, et découvrez, en avant-première, un extrait du nouvel épisode de la saga

Les Barone et les Conti

MILLIARDAIRE ET REBELLE,
de Anne Marie Winston

A paraître le 1er octobre.

Extrait de : *Milliardaire et rebelle*
de Anne Marie Winston

Tandis que dans son rétroviseur l'image de sa maison d'enfance disparaissait peu à peu, il sentait monter en lui une excitation inédite, de celle qu'on éprouve quand on goûte enfin à la liberté. La route s'ouvrait devant lui, lisse et sans encombre, semblant inaugurer un avenir nouveau. Le monde s'offrait à lui, plein de promesses. Il ne tenait qu'à lui de façonner sa vie à la mesure de ses ambitions. La première chose à faire était de demander à Célia de l'accompagner. Peut-être même accepterait-elle de l'épouser ! Ils navigueraient alors tous les deux sur toutes les mers du monde, feraient l'amour sous les Tropiques, lutteraient au coude à coude pour passer le Cap Horn. Loin des mondanités et des contraintes qu'impose la société des hommes, ils connaîtraient le bonheur paisible d'être ensemble, voués l'un à l'autre, sans plus de considération de classe ou d'origine…

Mais une pensée vint soudain refroidir son enthousiasme : sa petite amie n'avait que dix-sept ans. Elle ne serait majeure que dans un peu plus d'un mois. En ne voyant pas revenir son fils, il y avait fort à parier que Carlo Barone mènerait sa petite enquête et découvrirait bientôt le pot aux roses… De là à ce qu'il dénonce Reese aux services de police pour détournement de mineure, il n'y avait qu'un pas, qu'il franchirait d'autant plus allégrement qu'il se considèrerait dans son bon droit.

Cinq semaines… Reese ne pouvait attendre à Boston aussi longtemps. Aussi ferme que soit sa décision, il savait qu'en restant en ville, il subirait tôt ou tard des pressions familiales auxquelles il n'était pas certain de pouvoir résister. Il fallait qu'il s'en aille au plus vite. Le mieux était même qu'il ne s'ouvre de ses projets à personne, pas même à Célia.

Il serra ses mains sur le volant et rassembla ses idées. Surtout, pas de précipitation. Il fallait qu'il se trouve une chambre sur la côte, qu'il s'occupe d'acheter et d'équiper un voilier. De là, il écrirait à Célia. Il lui raconterait ce qui s'était passé et elle comprendrait. Dans cinq semaines, elle le rejoindrait, et ils seraient libres de larguer les amarres !

Treize ans plus tard

— Hey, Célia ! Tu ne devineras jamais la nouvelle !

Célia Papaleo leva à peine les yeux des dossiers des résidents permanents qu'elle était en train de consulter. Dieu merci, octobre avait fini par arriver et, les touristes ayant déserté, les propriétaires de bateaux d'Harwichport commençaient à respirer. Et elle aussi, par la même occasion ! Etre capitaine de port au Cap Cod n'était pas une mince affaire.

— Reese Barone a débarqué hier soir sur la marina de Saquatucket.

Reese Barone… Le nom, resurgi du passé, fit sur elle l'effet d'un cataclysme. Un instant même, elle crut qu'elle allait s'évanouir. Reese Barone… Elle avait pourtant prié pour ne plus jamais avoir à entendre parler de lui ! Le choc passé, elle pressentait qu'une douleur ancienne, insidieuse, intacte, n'allait pas tarder à poindre et ça, elle ne le voulait pas !

— Ça fait des années qu'on ne l'a pas vu dans le coin, non ? lança-t-elle évasivement, feignant la décontraction.

Elle n'avait jamais été très douée pour la comédie. Si elle espérait que Roma croirait à son indifférence, c'était raté !

— Tu le sais très bien. Il n'a pas remis les pieds au Cap depuis qu'il t'a laissé tomber pour l'autre greluche. Tu te souviens ? Il paraît qu'elle était enceinte de lui.

— Inutile d'en rajouter, Rom, fit Célia en retournant s'asseoir derrière son bureau. D'après ce que j'ai entendu dire, il ne m'a quittée pour personne d'autre. Il a refusé d'épouser la greluche, comme tu dis, et il s'est… volatilisé !

Pendant toutes ces années, elle s'était si bien refusé à penser à tout cela qu'elle s'était crue guérie. Mais la blessure était profonde et la plaie sans doute mal refermée. La simple évocation du départ de Reese, de son silence incompréhensible, la rendait encore amère, treize ans après.

— Et s'il avait en tête de venir te voir ?

— Allons, ma vieille, ne délire pas, tu veux ? répliqua Célia avec un sourire forcé. A mon avis, il ne se souvient même pas de moi. Nous n'étions que des gosses, après tout. L'eau a coulé, depuis…

— Des gosses ? Tu veux rire ?

— Disons que nous étions jeunes. En tout cas, je ne suis plus la même et je suppose que lui aussi a changé. Il n'a jamais donné signe de vie en treize ans ; pour moi, le message est clair.

— Possible !

Les coudes posés sur son bureau, Celia enfouit sa tête dans ses mains et refoula les larmes qu'elle sentait monter. C'était bien le moment de se lamenter sur son sort ! Elle avait du travail, la responsabilité du port et de la marina sur les épaules, on attendait d'elle qu'elle soit forte ! Sa vie de femme passait après. C'était à ce prix qu'elle avait tenu jusque-là et il était exclu qu'elle gâche tout par faiblesse. D'ailleurs, après deux ans et demi, elle ne pensait plus autant à Milo et Leo. Dans les premiers temps, ils occupaient chacune de ses pensées ; il n'y avait pas un geste, un endroit où elle posât les yeux, une sensation qui ne lui rappelât son défunt mari ou bien son petit garçon. La douleur était si forte de les avoir perdus qu'elle avait cru ne jamais devoir s'en relever. Et puis le temps avait fait son office et la vie repris le dessus. Mais parfois, il lui arrivait encore de craquer. Comme ça, dans un moment de lassitude, quand la journée avait été trop dure et qu'elle rentrait chez elle, harassée.

Elle se redressa et prit une profonde inspiration, dardant son regard droit devant elle, par la baie vitrée qui donnait sur le large. Ainsi, Reese était de retour… C'était à peine croyable. Elle avait perdu tout espoir de le revoir depuis bien longtemps et voilà qu'il accostait tout près d'ici, en face du Cap. Souvent, admirant le paysage depuis son bureau de la capitainerie, elle avait imaginé qu'une voile fendait l'horizon et que c'était Reese Barone, son premier amour, de retour d'une longue errance en mer, qui lui revenait. Elle chassait alors bien vite l'image de son esprit, convaincue de l'inanité de ses fantasmes. Puisqu'il était parti sans laisser d'adresse, il était stupide de croire qu'il songeait le moins du monde à elle.

Pourtant, il y avait eu un temps, quand il faisait partie de sa vie, où elle n'envisageait pas l'avenir sans lui. Ce sentiment, quoique né chez une jeune fille sans expérience, était même étonnamment tenace. Elle n'avait en effet jamais pu vraiment oublier l'été qu'ils avaient passé ensemble, inséparables, à naviguer ou à faire l'amour à toute heure du jour.

Avec le recul, elle concevait qu'elle n'aurait jamais pu convenir au moule imposé par le monde auquel appartenaient les Barone. Fille d'un

179

simple pêcheur, elle avait perdu sa mère quand elle avait quatre ans et s'était élevée au milieu des marins, dans un monde d'hommes. Comment aurait-elle pu soutenir une conversation parmi les amis de Reese ?

Elle revoyait la grille haute de la maison victorienne, le parc, l'allée sablonneuse où Reese lui apparaissait, courant à sa rencontre, quand elle venait l'attendre pour qu'ils partent en promenade. Célia sentit, à cette évocation, son cœur se serrer. Les yeux de son ancien amant avaient-ils toujours cette incroyable teinte argentée ? Et ses cheveux ? Etaient-ils encore assez longs pour que le vent marin les décoiffe ? Elle gardait du jeune homme un souvenir intact, chargé d'émotion, magnifié par la force de son sentiment d'alors. Sans doute la réalité la décevrait-elle bien amèrement. Rien ne disait en effet qu'aujourd'hui, il n'était pas devenu un type banal, sans charme aucun, grisonnant et empâté !

Au fond, cela n'avait aucune importance. Tout était fini entre eux. Mort. Lorsqu'elle avait épousé Milo, puis avec la naissance de Leo, elle avait complètement tourné la page. Complètement... Enfin, presque. Elle n'avait pu totalement chasser Reese de sa pensée, mais avait néanmoins réussi à se mettre dans le crâne qu'elle ne le reverrait jamais. Et aujourd'hui qu'il semblait de retour, elle restait persuadée qu'il valait mieux pour eux ne jamais se revoir. Elle n'avait aucune envie de demander des explications ni d'évoquer le passé.

— C'est le dernier modèle des ateliers Emerson, expliquait Denis. Le meilleur armateur du pays, vous vous rendez compte ! Je l'ai reconnu tout de suite. Pensez, je suis abonné à *Marine Magazine*. Je vous promets que le coup d'œil vaut le détour !

Elle descendit sur la jetée et, plissant les yeux contre les rayons aveuglants du soleil matinal, le regard tourné vers le sud-est, elle aperçut le fuselage aérodynamique du bateau passant lentement l'entrée du port. Assurément, le capitaine du yacht était un pilote aguerri. Melvin, un autre de ses employés, était occupé à guider le plaisancier jusqu'à un amarrage. Quand la coque ne fut plus qu'à dix pieds du ponton, le marinier attrapa au vol la corde qu'on lui envoyait depuis le navire et l'arrima solidement. Un homme en sortit, qui s'entretint brièvement avec lui puis, Melvin ayant pointé son doigt en direction de la capitainerie, elle vit l'homme s'avancer vers elle. Grand, élancé, la démarche aisée, les cheveux noirs et légèrement bouclés, il avait tout pour plaire. Allié à cela un art consommé du gréage, ce type donnait l'image de quelqu'un à qui l'existence sourit, quelles que soient les circonstances. Riche, séduisant, expert en science de la navigation, l'homme idéal ! ne put s'empêcher de penser Célia, un rien ironique.

La main en visière, elle l'observait tandis qu'il s'avançait, incapable maintenant de détourner son regard, comme hypnotisée par cette silhouette altière. Tout à coup, elle sentit son estomac se nouer. Reese Barone ! Treize ans d'absence et voilà qu'il reparaissait, avec un naturel déconcertant, comme s'il était parti la veille ! Célia sentait toute contenance l'abandonner. Pourtant, c'était vers elle qu'il avançait, c'était évident. Il était impératif qu'elle rassemble ses esprits au plus vite ! Après tout, il n'y avait rien d'étonnant à ce qu'un navigateur nouvellement accosté vienne signaler sa présence à la capitainerie. Sans doute Reese ne l'avait-il même pas reconnue. Elle s'efforça d'adopter une attitude professionnelle et fit un pas vers lui.

— Bonjour ! dit-elle dès qu'il fut assez près. J'imagine que vous avez besoin d'un emplacement ?

— Temporairement, répondit-il en lui tendant la main.

Il ne paraissait nullement surpris de la trouver là. Evidemment, tout le monde se connaissait, par ici ; on avait dû l'informer que son ancienne petite amie avait repris la capitainerie.

— Célia, ajouta-t-il en esquissant un sourire, j'espère que tu te souviens de moi ?

Ne manquez pas, le 1er octobre,
Milliardaire et rebelle,
de Anne Marie Winston
le volume suivant de la saga des Barone

Vous pouvez le recevoir directement chez vous en nous appelant au 01.45.82.47.47 ou en nous retournant le bulletin-réponse que vous trouverez à la fin de votre livre.

Le nouveau visage
de la collection Or

◆

AMOURS D'AUJOURD'HUI

Afin de mieux exprimer sa modernité et de vous séduire encore davantage, votre collection Or a changé de couverture et de nom depuis le 1er mars 1995.

Rassurez-vous, les romans, eux, ne changent pas, et vous pourrez retrouver dans la collection **Amours d'Aujourd'hui** tous vos auteurs préférés.

Comme chaque mois, en effet, vous y attendent des héros d'aujourd'hui, aux prises avec des passions fortes et des situations difficiles...

COLLECTION
AMOURS D'AUJOURD'HUI :
Quand l'amour guérit des blessures de la vie...

Chère lectrice,

Vous nous êtes fidèle depuis longtemps?
Vous venez de faire notre connaissance?

C'est pour votre plaisir que nous avons
imaginé un rendez-vous chaque mois
avec vos auteurs préférés, vos
AUTEURS VEDETTE dans les
collections Azur et Horizon.

Les **AUTEURS VEDETTE** vous
donneront rendez-vous pour de
nouveaux livres vedette.

Pour les reconnaître, cherchez
l'étoile... Elle vous guidera!

Éditions Harlequin

HARLEQUIN

LE FORUM DES LECTEURS ET LECTRICES

CHERS(ES) LECTEURS ET LECTRICES,

VOUS NOUS ETES FIDÈLES DEPUIS LONGTEMPS?

VOUS VENEZ DE FAIRE NOTRE CONNAISSANCE?

SI VOUS AVEZ DES COMMENTAIRES, DES CRITIQUES À
FORMULER, DES SUGGESTIONS À OFFRIR, N'HÉSITEZ
PAS… ÉCRIVEZ-NOUS À:
      LES ENTERPRISES HARLEQUIN LTÉE.
      498 RUE ODILE
      FABREVILLE, LAVAL, QUÉBEC.
      H7R 5X1

C'EST AVEC VOS PRÉCIEUX COMMENTAIRES QUE NOUS
ALLONS POUVOIR MIEUX VOUS SERVIR.

DE PLUS, SI VOUS DÉSIREZ RECEVOIR UNE OU
PLUSIEURS DE VOS SÉRIES HARLEQUIN PRÉFÉRÉE(S)
À VOTRE DOMICILE, NE TARDEZ PAS À CONTACTER LE
SERVICE D'ABONNEMENT; EN APPELANT AU
(514) 875-4444 (RÉGION DE MONTRÉAL) OU 1-800-667-4444
(EXTÉRIEUR DE MONTRÉAL) OU TÉLÉCOPIEUR
(514) 523-4444 OU COURRIER ELECTRONIQUE:
AQCOURRIER@ABONNEMENT.QC.CA OU EN ÉCRIVANT À:
      ABONNEMENT QUÉBEC
      525 RUE LOUIS-PASTEUR
      BOUCHERVILLE, QUÉBEC
      J4B 8E7

MERCI, À L'AVANCE, DE VOTRE COOPÉRATION.

BONNE LECTURE.

HARLEQUIN.

VOTRE PASSEPORT POUR LE MONDE DE L'AMOUR.

<u>COLLECTION HORIZON</u>

Des histoires d'amour romantiques qui vous mènent au bout du monde!

Découvrez la passion et les vives émotions qu'apportent à la Collection Horizon des auteurs de renommée internationale!

Captivantes, voire irrésistibles, ces histoires d'amour vous iront assurément droit au coeur.

Surveillez nos trois nouveaux titres chaque mois!

La **COLLECTION AZUR**

Offre une lecture rapide et

- ☑ *stimulante*
- ☑ *poignante*
- ☑ *exotique*
- ☑ *contemporaine*
- ☑ *romantique*
- ☑ *passionnée*
- ☑ *sensationnelle!*

*COLLECTION AZUR...des histoires
d'amour traditionnelles qui vous
mènent au bout monde!
Cinq nouveaux titres chaque mois.*

**L'ASTROLOGIE EN DIRECT
TOUT AU LONG
DE L'ANNÉE.**

(France métropolitaine uniquement)
Par téléphone 08.92.68.41.01
0,34 € la minute (Serveur SCESI).

Composé et édité par les
éditions Harlequin
Achevé d'imprimer en août 2004

BUSSIÈRE
GROUPE CPI

à Saint-Amand-Montrond (Cher)
Dépôt légal : septembre 2004
N° d'imprimeur : 43643 — N° d'éditeur : 10774

Imprimé en France